EU,
MINHA (QUASE) NAMORADA
E O GURU DELA

EU,
MINHA (QUASE) NAMORADA
E O GURU DELA

WILLIAM SUTCLIFFE

Tradução de
ANA BAN

EDITORA RECORD
RIO DE JANEIRO • SÃO PAULO
2010

CIP-BRASIL. CATALOGAÇÃO-NA-FONTE
SINDICATO NACIONAL DOS EDITORES DE LIVROS, RJ

S966e
Sutcliffe, William, 1971-
Eu, minha (quase) namorada e o guru dela / William Sutcliffe; tradução de Ana Ban. – Rio de Janeiro: Record, 2010.

Tradução de: Are you experienced?
ISBN 978-85-01-08396-8

1. Viagens – Índia – Ficção. 2. Romance inglês. I. Ban, Ana. II. Título.

10-2559
CDD: 823
CDU: 821.111-3

TÍTULO ORIGINAL EM INGLÊS:
Are you experienced?

Texto revisado segundo o novo Acordo Ortográfico da Língua Portuguesa.

Impresso no Brasil

ISBN 978-85-01-08396-8

Seja um leitor preferencial Record.
Cadastre-se e receba informações sobre nossos lançamentos e nossas promoções.
Atendimento e venda direta ao leitor:
mdireto@record.com.br ou (21) 2585-2002.

Para Georgie

Parte Um: *Não era para ser assim*

Parte Dois: *O que os mochileiros fazem o dia inteiro?*

Parte Três: *Dave, o viajante*

Zeus, que conduz os mortais pelo caminho até a compreensão,
Zeus, que ordenou que a sabedoria chegue por meio do sofrimento.

Ésquilo — *Agamenon*

Parece melhor do que nunca, muito mais sensível.

John Wayne Bobbitt

PARTE UM

Não era para ser assim

Ela anda meio estranha

— Esta poltrona não reclina direito.

— É claro que reclina.

— Não reclina, não.

— Calma. Deixe eu te mostrar. — Eu me engalfinho com a poltrona do avião. Ela não sai da posição. — Tem razão. Está quebrada.

Ela sorri triunfante; um meio sorriso dissimulado, o mais hostil que consegue. E ainda o disfarça, como quem diz: "Você é um idiota que não consegue admitir que eu esteja me divertindo à sua custa." Algumas semanas atrás, ela teria me pegado pelas orelhas, rido na minha cara e me chamado de cuzão chauvinista impotente. Agora só me mostra um resquício de sorriso sarcástico para deixar bem claro que me flagrou sendo um imbecil, mas que não tenho o direito de compartilhar a percepção com ela.

— Você pode trocar de lugar comigo?

Não respondo. Cheguei ao aeroporto na hora, fiz o check-in (pedindo especificamente uma poltrona na janela) e passei uma hora e meia esperando por Liz, que apareceu poucos minutos antes da última chamada para o embarque *e sem* os cheques de viagem, o que a obrigou a comprar todos eles no aeroporto, sendo que só tinha um lugar aberto. Se não fosse por isso, não sei o que teríamos feito. Eu... eu teria que passar três meses viajando sozinho pela Índia. Ou, meu Deus, teria que emprestar dinheiro para ela — mas aí poderíamos ficar sem nada na metade da viagem, sem chance, e fora que não é minha função emprestar dinheiro para ela. Eu não teria emprestado. Ela teve semanas para se organizar...

— Pode trocar de lugar comigo? Você está lendo mesmo... não precisa reclinar. Eu quero dormir.

Ela está mentindo. Nós acabamos de decolar, e o dia está claro. Ainda temos muito o que observar lá fora. Fiz questão de sentar ao lado da janela para aproveitar a vista... E, sim, sei que é criancice, mas adoro andar de avião, certo? Não tenho vergonha de assumir que gosto de olhar pela janela. Talvez eu esteja um pouco velho para isso, mas não estou nem aí. Eu gosto e pronto.

— David...? Você está me ouvindo?

Ela fica me encarando, a expressão em seu rosto demonstrando um desprezo absoluto, como quem diz: "E nem ouse dizer que simplesmente quer ficar aí para apreciar a vista. Aliás, desafio você a falar isso. Anda, vai, diz logo. Aí então vai ficar tudo às claras... ninguém mais vai poder negar... nenhum de nós dois... que você é um moleque de 12 anos num corpo de 19... que você não tem vergonha de ser um chato de galochas."

Não é paranoia minha não: está tudo ali, escrito no nariz empinado e nos olhinhos apertados dela.

E o que mais me irrita é que eu nem estava lendo. Estava apenas folheando meu livro, olhando realmente pela janela. Mas agora ela me pegou no pulo, e não posso dizer que na verdade não estava lendo, porque é exatamente isso que ela quer que eu diga para parecer egoísta.

— Tudo bem — respondo. — Daqui a pouco.

Fecho o livro e faço questão de olhar pela janela, para demonstrar que não sou egoísta e que trocar de poltrona é um sacrifício significativo. Ouço Liz suspirar e, pelo canto do olho, vejo que ela balança a cabeça. Ela armou tudo de um jeito que qualquer coisa que eu faça só vai servir para confirmar o que ela pensa de mim.

Ela me detesta. Acha que sou imaturo, egoísta, preconceituoso e arrogante. Vou dar meu lugar para ela, por Deus... e em algum momento *eu* vou querer dormir e não vou poder, porque dei para *ela* a poltrona que reclina... e ela está lá balançando a cabeça porque *eu* sou egoísta. Que afronta.

Não entendo como isso aconteceu. Não sei o que mudou. Há algumas semanas éramos melhores amigos... estávamos quase apaixonados. Agora estamos presos um ao outro, a caminho da Índia para uma viagem de três meses, e ela me trata como um pedaço de carne podre. Talvez eu *seja* imaturo, egoísta, preconceituoso e arrogante, mas antes ela gostava de mim. E eu não mudei. Então, não sei por que deveria alterar meu comportamento agora só porque ela anda meio estranha.

Medo puro e cego

Eu já ouvira o velho clichê de que chegar à Índia é a mesma coisa que entrar em um forno, mas isso não tinha me preparado para o fato de que chegar à Índia é *realmente* a mesma coisa que entrar em um forno.

O aeroporto de Delhi estava... estava simplesmente zoando com a minha cara. Simplesmente não tinha como caber aquela quantidade de gente em um lugar tão pequeno sem que umas pessoas devorassem as outras. Não era possível. E parecia que ninguém mais tinha sequer reparado que aquele lugar estava superlotado.

Depois de passar várias horas na fila da imigração, escapamos do aeroporto e descobrimos que do lado de fora a coisa era ainda mais insana. No minuto em que saímos a céu aberto, vários times de rúgbi formados por homens fedorentos se jogaram em cima de nós tentando nos fazer em pedacinhos, de modo que pudéssemos mandar cada um de nossos membros para a cidade em um meio de transporte diferente. Foi nojento. Eu me senti como se estivesse sendo atacado. Atacado dentro de um forno. E todos os sujeitos que tentavam nos enfiar em seus táxis pareciam tão pobres e desesperados que tive vontade de voltar para casa no mesmo instante.

Liz reparou que os outros mochileiros que tinham viajado com a gente haviam entrado em um ônibus, então saímos nadando de peito através da multidão e embarcamos atrás deles. O motor já estava ligado, e ocupamos nossos assentos aliviados por termos conseguido entrar a tempo. O motorista, furioso, apontou para as nossas mochilas e depois para o teto do ônibus. Reparei que ninguém estava com as bagagens, então descemos e nos vimos rodeados por outra multidão, em que todas as pessoas se ofereciam para colocar nossas coisas em cima do ônibus. Eu tinha certeza de que alguém ia roubar nossas mochilas no instante em que déssemos as costas, então tentei subir lá sozinho, mas um sujeito de turbante vermelho, que lhe dava um ar de chefe dos colocadores de bagagem no teto, me tirou da escadinha e puxou minha mochila. Cedi e permiti que ele pegasse nossas malas. Fiquei vigiando o tempo todo e vi quando amarrou a mochila com uma corda. Ele parecia saber o que estava fazendo, e já havia várias outras malas lá em cima, então cheguei à conclusão de que tudo aquilo era razoavelmente legal. Quando ele desceu, começou a fazer um gesto ascendente esquisito e a dizer "mani, mani".

— Ele quer dinheiro — disse Liz.

— Por que eu daria dinheiro para ele? É o trabalho do cara. Eu estava muito disposto a colocar as malas lá em cima sozinho.

— Dê logo um dinheiro a ele, pelo amor de Deus. Vou entrar e pegar um lugar para a gente.

— Ainda não tenho dinheiro, lembra? E ele não tem cara de quem aceita cheque de viagem.

— Dê qualquer coisa a ele.

— Tipo o quê? Um rolo de papel higiênico? O *Guardian* de ontem?

Ela me ignorou e entrou no ônibus.

— Mani. Mani.

— Não tenho nada.

— Mani.

Então ele começou a puxar a minha roupa, e a multidão de observadores foi se fechando em cima de mim.

— Olhe, amigo... ainda não tenho dinheiro. Preciso ir ao banco.

— MANI!

Virei os bolsos para fora para mostrar que não tinha dinheiro nenhum, e de dentro deles caiu um monte de moedas inglesas. Ele me lançou um olhar maldoso e se abaixou para pegar as moedas. Houve um minitumulto enquanto várias pessoas se estapeavam para pegar os trocados, então aproveitei para me esgueirar para dentro do ônibus, torcendo para desaparecer antes de eles se darem conta de que aquilo era dinheiro inglês.

Durante o episódio das malas, todos os lugares tinham sido ocupados, e Liz estava em pé quase no fundo do ônibus. Fui me juntar a ela.

— Bem na hora — falei.

Meia hora depois, com o ônibus mais do que lotado, o motorista finalmente ligou o motor.

Meia hora depois disso, quando havia o dobro de gente que tinha quando eu já achava que estava lotado —, e com o sujeito de turbante vermelho ainda berrando comigo através da janela, nós nos arrastamos para longe do aeroporto.

— Que coisa horrível.

— O que é horrível? — perguntou Liz.

— Isto aqui. Tudo.

— O que você estava esperando? — retrucou ela, com um olhar de ódio imperdoável.

— Era assim mesmo que tinha que ser?

— Acho que sim.

— Foi para isso que nós viemos até aqui?

— Foi. A Índia é assim.

— Cristo. Não acredito.

De repente, parecia que meu estômago estava cheio de pedrinhas. Estava tudo errado. Eu estava no lugar errado. Ainda nem tinha comido nada e já estava enjoado (por causa do calor, da multidão, da claustrofobia) e sentia um medo puro e cego.

Que diabos eu tinha feito? Por que tinha vindo a este país horroroso? Eu ia detestar. Já dava para ver. Não ia ter como me acostumar a nada daquilo. Eu estava sem saída.

A situação era ruim. A situação era péssima.

J.

Depois que o ônibus nos largou, fomos para a pousada Ringo, que tinha um nome legal e era o primeiro lugar mencionado pelo guia Lonely Planet. Ficava a uma curta caminhada da parada de ônibus, no fim de uma ruela.

Não que o nosso trajeto tivesse muita semelhança com o que eu chamaria de rua propriamente dita. Para começo de conversa, a ruela não tinha asfalto: era só terra batida coberta por uma grossa camada de poeira por cima, salpicada de poças esverdeadas, pilhas de lixo e os estranhos montículos de bosta de vaca. O mais surpreendente é que a maioria das pessoas andava de chinelo de dedo.

Dei uma boa olhada nelas e notei que não se pareciam em nada com os indianos da Inglaterra. Não era o fato de a aparência *física* delas ser diferente, nem de as roupas serem esquisitas. Era outra coisa, que eu não conseguia identificar, que parecia completamente alienígena. Algo no jeito como elas se movimentavam, na expressão que tinham no rosto. O que quer que fosse, me assustou pra cacete. E para onde quer que eu me virasse havia centenas delas (gritando umas com as outras ou gritando para mim, para que eu pegasse um "táxi, táxi", comesse "a melhor comida" ou aproveitasse o "melhor preço de ligação internacional"), todas se empurrando, rindo, conversando, discutindo e basicamente caminhando com arrogância, como se fossem donas do pedaço.

A pousada ficava no alto de uma escada escura e consistia em alguns quartos duplos posicionados ao redor de um pátio muito estreito. Um homem com uma protuberância carnuda em forma de bola de golfe ao lado do pescoço disse que não havia nenhum quarto duplo disponível, portanto teríamos que ficar em camas do quarto coletivo. Então fomos conduzidos por uma escada até o canto mais alto do telhado, sobre o qual tinha sido construída uma cabana de folhas de zinco.

As paredes e o teto de metal faziam com que o alojamento se assemelhasse mais a um forno do que o restante do país. O quarto era apinhado de camas. E quando meus olhos se ajustaram da claridade lá fora para o dormitório tenebroso, deu para distinguir alguns estrangeiros com aparência deprimente largados em cima delas. Todos pareciam tão magros e infelizes que o lugar quase podia ser confundido com uma prisão. Alguns liam, um dormia e outros estavam simplesmente deitados, olhando para o nada.

Não parecia um monte de gente se divertindo. Depois de fugir das ruas insanas de tanto movimento, nos deparamos com algo ainda pior: uma espécie de necrotério sombrio. Apesar de termos ficado ali parados o que pareceram vários minutos, ninguém nem sequer se virou para nos olhar. Independentemente do que fosse acontecer comigo, não queria acabar igual àquelas pessoas. Eu queria ir para casa.

Quando tentei calcular há quanto tempo eu já estava preso na Índia (para sentir como realmente seria ficar lá três meses), fiquei subitamente tonto de desespero.

— O que você achou? — perguntou Liz.

— Nada bom.

— Hum.

— Você acha que a gente consegue algum lugar melhor?

— Talvez.

— Podemos perguntar para alguém — sugeri.

— As pessoas aqui devem achar que este é o melhor lugar. Do contrário não estariam aqui. Você não acha?

— Acho que sim.

A ideia de que alguém pudesse considerar aquele o melhor lugar de Delhi era muito mais que deprimente. Porém, por causa do calor, ficar andando para lá e para cá com nossas mochilas até encontrar algum lugar melhor simplesmente não era uma alternativa.

Liz tirou o guia da mochila, e vimos que havia outro hotel recomendado na área, chamado Mrs. Colaço's. O livro o descrevia como "básico, lotado e bem irritante", o que não pareceu muito convidativo, mas era o único estabelecimento localizado nos arredores que havia no guia, de modo que nos arrastamos pelo ar quente e abafado na direção do Mrs. Colaço's.

A atmosfera lá era um pouco menos sufocante que a do Ringo, e não estava tão cheio de hippies catatônicos. Também não havia nenhum quarto disponível, mas aceitamos ficar em camas do quarto coletivo com gratidão, aliviados por finalmente termos encontrado um lugar para nos jogar.

E nos jogamos.

Deitado na minha cama dura encarando o ventilador de teto, que girava com a velocidade exata para não surtir absolutamente efeito nenhum sobre o ar ao seu redor, percebi que nunca tinha *sentido* calor na vida. Quer dizer, já tinha sentido a pele quente por me expor do sol e ficado aquecido depois de correr, mas nunca havia experienciado esta estranha sensação de me sentir um pedaço de carne cozinhando de dentro para fora. Eu me sentia verdadeiramente ardendo de calor, como se meus membros e órgãos internos fossem massas enormes cozidas, que eu era obrigado a carregar por aí comigo. E o ar que saía das minhas narinas parecia um minissecador de cabelos soprando em meu lábio superior.

Como é que as pessoas conseguiam viver assim? Como um país era capaz de funcionar sob tais condições? Como uma quantidade tão grande de ar podia alcançar tamanha temperatura sem aquecer o planeta inteiro?

Não dava para desfazer a mala, já que não havia lugar para colocar nada; por isso, depois de passar um bom tempo jogados, não sabíamos mais o que fazer. Eu sempre ficava imaginando o que os mochileiros faziam o dia inteiro, e agora lá estava eu em uma cama em Delhi, logo depois de chegar, sem saber o que fazer. Sentíamos calor e cansaço demais para nos mover e não tínhamos vontade nem coragem de sair e encarar a realidade de estar na Índia.

Havia outra pessoa no quarto. Ele estava deitado de costas, com os cotovelos na cama e as mãos para cima, olhando para o nada. Parecia estar lendo um livro, mas não tinha nada nas mãos.

— Oi — disse Liz.

— Paz — respondeu ele.

— Paz — repetiu ela.

Ele se ergueu e olhou para ela com volúpia.

— Como você se chama? — perguntou Liz.

— J.

— J? — insisti, em um tom de voz que de algum modo transpareceu o desprezo instantâneo que senti por ele (feito notável, já que eu só tinha uma letra com que trabalhar).

— J... legal — disse Liz, tentando compensar por mim.

— Qual é o seu nome de verdade? — perguntei.

— Meu nome de verdade?

— É.

Ele tinha aquele jeito de "idiota de escola pública" estampado no corpo todo.

— J.

— É assim que seus pais chamam você?

— Não. É apelido de Jeremy.

— Ah, tá. Desculpe, Jeremy. Quer dizer, J.

— De onde você é, J? — perguntou Liz.

Jeremy deu uma risadinha e olhou bem para ela, como se estivesse fazendo uma avaliação. Liz tentou não parecer confusa.

— Vocês não... estão aqui há muito tempo, não é mesmo?

Liz tentou disfarçar a cor vermelha de jovem virgem acanhada que tomou conta de seu rosto.

— Não — respondeu ela, remexendo o lençol. — Acabamos de chegar.

— Deu para perceber.

— Quem sabe não foi por causa das etiquetas de bagagem nas nossas mochilas? — sugeri.

Ele me ignorou.

— Quando se está aqui... depois de alguns... meses... paramos de fazer essa pergunta. Começamos a pertencer tanto à Índia quanto à nossa terra natal.

— Ah — disse Liz. — Posso imaginar.

— Mas de onde mesmo você *veio*? — eu quis saber.

Ele me ignorou.

— Da Inglaterra? — insisti. — Nós somos ingleses.

Com relutância, ele assentiu.

— De que parte? — perguntei.

— Hã... do sul.

— Excelente. Nós também. De Londres?

— Não.

— De que cidade?

Agora ele já estava de saco cheio.

— Tunbridge Wells — respondeu.

— Legal — falei. — Deve ser uma loucura para você estar aqui. Por vir de uma região tão rica, quero dizer.

— Não é mais. Não é mais — respondeu ele, olhando bem fundo nos olhos de Liz.

— Há quanto tempo você está aqui? — perguntou ela.

Ele deu uma risadinha.

— Ahhh... faz bastante tempo. O suficiente para adorar... e para detestar. Para ficar me perguntando se algum dia vou conseguir voltar.

— Já sei... Uma semana? — falei.

Nenhum dos dois achou engraçado.

— Fica-se muito doente aqui? — perguntei.

— Como assim, doente?

Ele olhou para mim como se tivesse dito algo muito inteligente.

Olhei para ele como se tivesse dito algo absolutamente imbecil.

— Você sabe... doente. Diarreia de Delhi. Caganeira.

— Olha... se você quiser sobreviver neste país... é preciso redefinir seus termos. Doença no Ocidente significa uma coisa e no Oriente, outra. Os indianos aceitam seu destino... é a luta constante do Ocidente contra esse destino que criou uma nação de hipocondríacos. Tudo é tão efêmero... para mim, não faz muita diferença.

— Mas estou vendo que você não bebe a água daqui — falei, apontando com a cabeça para a garrafa de água mineral ao lado da cama dele.

Ele me olhou com desprezo. Liz me olhou com desprezo.

— Você se importa se eu tomar um golinho, Jeremy... quer dizer, J? — pedi.

Ele assentiu.

Então me dei conta de que não queria compartilhar dos germes dele, de modo que tentei beber sem tocar a boca na garrafa, mas não deu muito certo, e boa parte da água escorreu pelo meu rosto. Mas acho que eles não repararam.

Estimulado por Liz, ele logo começou a discorrer sobre todos os lugares que tinha visitado enquanto ela ia anotando tudo e murmurando coisas como: "Uau, que legal!", "Não sei se vamos ter tempo para isso" e "Onde exatamente você achou o cara dos camelos...?" Depois que isso durou tempo suficiente para me deixar enjoado, pedi que Liz me acompanhasse até o corredor para eu dar uma palavrinha com ela.

— Por que precisamos sair do quarto? — perguntou ela, tirando os olhos com relutância dos mapas de Jeremy.

— Porque quero falar com você.

— Mas...

— Em particular.

Ela trocou olhares com Jeremy e saiu para o corredor comigo. Antes que eu pudesse dizer qualquer coisa, ela começou a me dar a maior bronca.

— Por que você está sendo tão grosso?

— O cara é o maior babaca.

— Não tem necessidade de falar com ele desse jeito.

— Por que não? Ele é um pé no saco.

— Se você se desse ao trabalho de conversar com ele, veria que, na verdade, ele é bem legal.

— Ah, fala sério...

— Ele é *sim*. E também está aqui há muito tempo e tem várias informações que nós dois vamos achar bem úteis.

— E é por isso que você está dando em cima dele?

— Eu *não* estou dando em cima dele.

— Está, sim. Ele não para de olhar para você daquele jeito desde o minuto em que você entrou no quarto, e você está adorando.

— Ah, dá um tempo.

— É verdade. Por isso não gostei dele.

— Ah, vê se cresce.

Ela deu meia-volta e entrou no dormitório.

Eu fui atrás e disse:

— Bom, pode ficar aqui quanto tempo quiser... eu vou dar uma olhada na cidade.

— Você não está interessado nisso? — perguntou ela. — Não quer nem saber onde ficam os lugares bons?

— Estou totalmente fascinado, Liz. De verdade. Mas tem um mundo lá fora a ser explorado, sabe? Não dá para se esconder dele por muito mais tempo.

Saí pisando duro, com um sabor de vitória, mas me sentindo um pouco como um idiota digno de pena.

Lá fora estava ainda mais quente do que no quarto.

O hotel ficava em uma rua tranquila, e caminhei de volta na direção da rua principal, onde o ônibus do aeroporto tinha nos deixado. Certo, pensei. Estou caminhando por uma rua da Índia. Consigo dar conta disso. Está tudo bem. Estas casas também parecem normais... Obviamente, o país não é *tão* pobre assim.

Então uma criança qualquer, que, preciso admitir, parecia bem sujinha, apareceu atrás de mim e começou a puxar a manga da minha camisa. E estendeu a outra mão em forma de concha na minha frente.

Aquilo me fez lembrar que eu precisava trocar dinheiro.

— Não, sinto muito — disse eu, voltando a andar.

Mas a menina não largou meu braço. Simplesmente continuou me acompanhando pela rua, puxando a manga da minha camisa.

— Não, sinto muito — repeti.

Ela continuou puxando.

— Olha... não tenho nenhuma moeda.

Ela puxou mais forte e choramingou uma palavra que eu não consegui entender.

— NÃO TENHO NENHUMA MOEDA — gritei, e saí andando rápido.

Apesar de agora estar meio correndo, ela continuava a me acompanhar e dava tapinhas no meu braço sempre que me alcançava.

Parei de caminhar.

— OLHE... ZERO MONEY. VOU AO BANCO AGORA. MONEY ZERO.

Nós ficamos nos encarando. Ela nem piscou. Ficou claro que eu podia falar qualquer coisa que ela não ia me deixar em paz.

Comecei a andar de novo, o mais rápido possível sem correr, mas ela continuou me acompanhando. Quando parei, ela puxou a manga da minha camisa mais uma vez.

— Se manda — falei.

Ela não se mexeu.

— Me deixe em paz.

Ela ficou olhando para mim, com olhos enormes e tristonhos. Então eu realmente desejei ter algum dinheiro, em parte para me livrar dela, mas também porque olhar para ela fazia com que eu me sentisse um ser humano desprezível. Ela parecia uma habitante do inferno enviada para me assombrar, para me lembrar de como eu era rico e sortudo e como eu não merecia nada do que tinha.

Não *queria* ser lembrado de como eu era rico e sortudo... principalmente porque naquele momento estava me sentindo bem azarado: preso naquele calor inacreditável, naquele país repulsivo, imundo e ameaçador, sem conseguir me mexer por causa de uma menina de 5 anos que queria o meu dinheiro.

Ficamos nos encarando. Tentei não pensar no tipo de vida que aquela menina devia ter e por um instante até imaginei que ela estava lá olhando nos meus olhos, imaginando o tipo de vida que *eu* devia ter. Uma imagem de casa me veio de repente à mente e, no mesmo instante, me fez sentir saudade e culpa.

— Vá embora — falei, sem convicção.

Ela não se mexeu. Dei alguns passos, e mais uma vez ela me seguiu, continuando a puxar a manga da minha camisa.

Exasperado, dei meia-volta e a empurrei para longe, com suavidade suficiente para ela não cair, com força o bastante para fazê-la dar alguns passos atrás. Ela ficou lá parada, sem deixar de me olhar fixamente.

Eu me afastei, e dessa vez ela não me seguiu.

Tentei não me permitir pensar no que tinha acabado de acontecer. Simplesmente era uma coisa com a qual eu ia ter que me acostumar. Devia ter algum jeito de repelir aquela gente. Tinha que haver alguma maneira de fazer os indianos se tocarem. Eu só precisaria aprender.

Por um instante me animei. Aquilo ia ser uma batalha. Eu finalmente estava me pondo à prova da maneira correta.

Aí fiquei deprimido de novo. As pedrinhas estavam de volta ao meu estômago.

A essa altura, eu já estava na rua principal. Avistei um banco na outra calçada. Atravessei e entrei.

Eles não ligam

Quando voltei para o hotel, Liz e Jeremy estavam agarradinhos em cima de uma cama com um mapa da Índia, dando risadinhas juntos. Assim que entrei no quarto, os dois pararam com os risinhos e me lançaram olhares de culpa, seguidos de sorrisos sarcásticos mal disfarçados.

— Algum de vocês quer sair para comer? — perguntei.

— Por que não? — respondeu Liz, lançando para mim um sorrisinho de "não se preocupe, não aconteceu nada".

— Onde tem um bom chinês por aqui? — perguntei.

Os dois franziram a testa.

— Brincadeira — expliquei.

— Ah, certo — disse Jeremy. — Sei.

— O que você recomenda? — perguntou Liz, fazendo biquinho.

— Tem vários lugares — respondeu Jeremy. — Imagino que você queira comida vegetariana.

— Claro que sim.

— O quê? — exclamei. — Você não é vegetariana.

— Agora eu sou. É a melhor maneira de ficar saudável. Coma o que o povo do lugar come. Comida nativa.

— Foi você que disse isso para ela? — perguntei.

— Claro que sim. É fato bem conhecido que a carne aqui não é saudável. Basta ver como fica por aí jogada, coberta de moscas. Claro, eu sou vegetariano desde os 5 anos. Nunca conseguiria digerir essa coisa, e demorei cinco anos para ter coragem de dizer isso. É algo profundamente arraigado na cultura ocidental que uma refeição *de verdade* precisa ter carne.

— Você está dizendo que é perigoso comer carne aqui?

— Totalmente.

— Você acha que se eu comer vou passar mal?

— Tenho quase certeza.

— Não estou acreditando nisso. Está falando sério?

— Claro que estou.

— Não... está de brincadeira, não é mesmo?

— Não. Todo mundo sabe disso.

— Está, sim. Você está de brincadeira.

— Olhe... coma o que bem entender. Eu estou cagando. Mas não vou me oferecer para carregar você para o hospital.

No minuto em que botamos o pé para fora do hotel, a menina que tinha tentado pedir dinheiro para mim começou a nos seguir pela rua, puxando a manga da camisa de cada um de nós, um por um. Durante um tempo, ninguém falou nada.

Então, de repente, Jeremy deu meia-volta, lançou um olhar ameaçador para a menina e berrou, na cara dela:

— NÃO. NÃO BAKSHISH.

Ela não se mexeu.

— PASSA! PASSA! — sibilou ele para ela, espantando-a com os braços, tentando afastá-la como se fosse um cachorro de inteligência inferior.

Então ele a pegou pelo braço e sacudiu uma vez, com bastante força. A expressão dela continuou totalmente vazia, e ela não se mexeu.

— PASSA! — sibilou ele.

Dessa vez ela obedeceu, deu meia-volta em silêncio e voltou para a frente do hotel, onde sempre ficava esperando.

Nós três saímos caminhando em um silêncio envergonhado. Fiquei chocado com a insensibilidade de Jeremy. Ao registrar a expressão do meu rosto, ele deu uma risadinha como quem diz: "Você é tão ingênuo e eu sou tão sábio..."

— Essas crianças não são pedintes de verdade — disse. — Elas só ficam de olho nos hotéis de turistas. Você nunca vai ver um indiano dando dinheiro para elas.

— Para mim, parecia uma pedinte. Ela não era exatamente gordinha, não é mesmo?

— Elas são todas controladas por um líder de gangue que fica com todo o dinheiro que conseguem.

— As crianças não ficam com coisa alguma?

— Claro que não. É tudo controlado pelos cafetões.

— Mas o que acontece se elas chegam ao final do dia sem conseguir nenhum dinheiro?

— Ah, eu não me preocuparia com isso. — Ele deu uma risadinha. — Elas conseguem *muito* dinheiro. Alguma alma de coração mole que acabou de descer do avião acaba dando 50 rupias para elas porque não sabe porra nenhuma sobre o país. Isso é o que o pai de uma dessas crianças ganha em uma semana de trabalho honesto. É uma coisa horrível. Turistas que agem assim ferram totalmente a economia local. E as crianças são nojentas de tão persistentes. Realmente, isso devia ser proibido.

O cara era um fascista. Um hippie fascista.

— Mas você não pode tratar as pessoas desse jeito — falei.

Jeremy deu risada de novo.

— É a única maneira de sobreviver. Se você for se incomodar com cada pedinte, vai acabar se matando. Você precisa se livrar das suas percepções ocidentais a respeito da riqueza material e lidar com elas da mesma maneira que os indianos lidam.

— E como é que os *indianos* lidam com isso?

— Eles não ligam.

Jeremy estava gostando daquilo. Ele achava que, assim, parecia inteligente.

— Pode acreditar — disse. — Daqui a duas semanas, você não vai nem reparar mais nos pedintes.

— Como é que você pode ignorar uma pessoa que fica puxando a manga da sua camisa e não larga do seu pé?

— Simplesmente ignorando. Seu rosto adquire uma certa expressão... uma expressão impenetrável que os pedintes conseguem detectar, e eles param de incomodar porque percebem que você parou de reparar neles e não vai dar dinheiro nenhum.

— Por que então aquela menina foi atrás de você?

— Ela não estava atrás de mim, estava atrás de vocês dois. Eu só fiz o favor de nos livrar dela. Além do mais, em Delhi é diferente. Eles são mais organizados.

— E você acha que daqui a duas semanas eles vão parar de nos incomodar? — perguntou Liz.

— Garanto que sim. Vão parar de incomodar assim que vocês pararem de ter medo deles.

— Nós só precisamos ser um pouco mais durões — disse ela.

— Exatamente. Nós todos somos mimados demais no Ocidente. Essa é uma das melhores coisas de vir para a Índia... acabamos tendo que encarar coisas horríveis e ficamos imunes a elas.

— Quem disse que imunidade é uma coisa boa? — perguntei.

— Olhe... se você não ficar imune, nunca vai ser feliz aqui — respondeu Jeremy com um suspiro, de repente entediado com a conversa. — É simples assim.

— Você tem razão — disse Liz. — Você tem toda a razão.

Vi quando a ruga de preocupação começou a se desfazer na testa dela, à medida que seu rosto foi mudando de expressão. O queixo avançou um pouquinho e os olhos se apertaram.

Liz estava decidida a ser mais durona.

Lá vamos nós, pensei. Até parece que ela já não era mandona o suficiente.

No restaurante, só uma parte do cardápio me apeteceu.

— O papo da carne é sério mesmo? Você não está só tentando me converter?

— Não vou mais falar sobre o assunto. Coma o que você quiser e aproveite. Estou cagando — disse Jeremy.

— Não acredito que vim até a Índia e não posso nem comer um curry.

— Claro que você pode comer um curry — disse Liz. — É só escolher um vegetariano.

— Isso não é porra de curry nenhum. É acompanhamento.

Os dois me ignoraram.

— Como foi que você encontrou este lugar? — perguntou ela.

— Ah... eu já vim aqui um monte de vezes. Acho que desencavei, nada mais. Não está no livro nem nada.

— Que livro? — perguntei.

— O livro. O Livro. Só existe um guia que vale a pena ter.

— Nós temos o Lonely Planet... é o certo? — O rosto dela foi tomado pela ansiedade.

— Não é o certo. — Ele fez uma pausa de efeito. — É o único.

Liz suspirou de alívio.

— Se não está no guia, como é que tem tantos ocidentais aqui? — perguntei.

— Boca a boca.

— E como é que o cardápio todo está traduzido para o inglês?

Liz explodiu:

— Quando é que você vai parar de ser pentelho?

— Não estou sendo pentelho.

— Se você não está gostando, não devia ter vindo.

— Eu *estou* gostando. Só preciso me acostumar com tudo.

— Bom, então pare de choramingar o tempo todo e se esforce um pouco.

— Não estou choramingando.

— Está choramingando, sim. E está agindo com muita hostilidade com Jeremy... quer dizer, com J.

— Não, não estou.

— Está, sim.

— J... estou sendo hostil com você?

— Acho que talvez você esteja se sentindo um pouco ameaçado. É perfeitamente natural — respondeu ele.

— Ameaçado? Por *você*? Repugnado, talvez. Ameaçado... acho que não.

— Dave. Pare com isso — interveio Liz. — Não estou achando nada engraçado.

— Quem você acha que é? Minha professora ou o quê?

— Você vai se comportar?

— Liz... não seja...

— Vai?

— Deus. Certo, certo. Desculpe. Eu vou me *comportar*.

Liz olhou feio para mim e então estalou os dedos para o garçom.

— Garçom, já escolhemos.

— Não, não escolhemos, não!

Ela olhou para mim cheia de ódio.

— Foi um choramingo? Você classificou isso como um choramingo?

Ela me olhou com mais ódio ainda.

— Tudo bem. Desculpe por eu ter falado. Acho que simplesmente vou pedir o mesmo que você, seja lá o que for.

— Muita imaginação da sua parte — disse ela e, cheia de maldade, pediu alguma coisa com lentilha.

Foi um grande momento a primeira vez que coloquei comida indiana na boca. Comecei com alguns grãos de arroz. Pareceu OK. Tinha gosto de arroz. Então passei para a lentilha, mastigando bem devagar no começo para ver se alguma coisa estranha ia acontecer. Parecia mais picante do que a maioria dos curries que eu já tinha comido, mas desceu com bastante facilidade e não pareceu provocar nenhuma reação adversa instantânea.

Devido ao meu estado de ansiedade, eu não estava com muito apetite, mas me forcei a comer a maior parte da porção na esperança de que aquilo me ajudasse a manter o bom humor. De sobremesa, cada um de nós tomou um comprimido inteiro contra malária.

No caminho de volta, pouco antes de chegarmos ao hotel, fomos acossados pela mesma pedinte. Por já ter sido dispensada por Jeremy e por mim, dessa vez ela foi para cima de Liz.

Liz, com sua nova atitude de durona, não perdeu tempo e, depois de um puxãozinho na manga da camisa, se virou para trás com um gesto brusco, pegou a menina pelo ombro e disse:

— NÃO... NÃO TENHO DINHEIRO. VÁ PARA CASA.

E sacudiu a garota com violência para dar ênfase. A menina, demonstrando bem mais capacidade do que eu para reconhecer uma pessoa louca quando deparava com uma, afastou-se imediatamente.

Liz marchou na direção do hotel, a vitória estampada em seu maxilar. Dava para ler o que estava se passando na cabeça dela. *Dave não consegue dar conta disso*, pensava ela. *Ele está tendo dificuldade. Mas eu... eu estou me virando muito bem. Eu aguento o tranco.*

Por um instante, senti na boca o gosto de borracha queimada do comprimido contra malária no fundo da garganta. Aquela coisa toda simplesmente não tinha como dar certo.

Ninguém está te obrigando, viu?

Eu tinha conhecido Liz apenas alguns meses antes. Era quase Natal, e um grupo da escola tinha combinado de se encontrar na metade do nosso ano sabático antes da faculdade para tomar um último drinque juntos. O grupo estava prestes a se separar; cada um de nós ia fazer uma viagem para um canto do mundo.

James (meu melhor amigo na teoria, mas fazia três anos que só irritávamos um ao outro) chegou com Paul e a nova namorada dele: Liz. Isso me pareceu levemente inadequado. Ninguém quer ter uma pessoa desconhecida por perto quando velhos amigos se reúnem para uma despedida emotiva. Deixa a gente acanhado.

— Vocês já se conhecem? — perguntou ele, tentando parecer casual. Nós dois sabíamos que ele tinha me falado dela, com detalhes explícitos e tediosos, ao mesmo tempo que nos mantinha afastados de maneira deliberada. Por causa desse comportamento, achei que ele tinha vergonha de Liz e da incapacidade de ela corresponder às alegações absurdas que ele fazia a respeito de sua beleza, mas o primeiro vislumbre que tive dela demoliu totalmente a teoria. Ela era fantástica. E exatamente como ele a havia descrito. Com um arroubo de afronta, percebi que James não tinha nos apresentado porque tinha vergonha de mim.

— *Acho* que não — respondi.

— Liz. Dave.

— Oi — disse ela, oferecendo a bochecha para um beijinho. (Pele fantástica também.)

— E eu já apresentei estas aqui para você? — perguntou James, dando um passo para trás e apontando para dois pares de botas de couro marrom idênticas que ele e Paul usavam.

— Que porra é essa? — perguntei.

— Botas de caminhada. Novinhas em folha — respondeu James. — Fizemos nossa última grande compra. Olhe. — Ele ergueu uma sacola de compras enorme com a marca dos Albergues da Juventude e colocou na mesa; nós todos nos sentamos. — Mochila; doleira; bastão repelente de mosquito; spray repelente de mosquito; gel repelente de mosquito; tabletes de purificação de água... oito pacotes; sabão de viagem... quatro tubos...

Enquanto a pilha de porcaria ia crescendo em cima da mesa, dei uma olhada no rosto de Liz. Ela estava com os olhos um pouquinho apertados, sua boca formando um biquinho de irritação. James, veja bem, faria aquela grande viagem com Paul (seu amigo mais antigo e, de maneira geral, pau-mandado obediente), enquanto Liz ficaria presa em Londres, em um curso de introdução à arte.

— ...minikit de costura; lanterna à prova d'água; meias especiais que absorvem o suor; toalha de náilon de emergência; tampa universal de pia de borracha e, o melhor de tudo... isto aqui.

James segurava um pedaço quadrado de plástico preto do tamanho de sua mão.

— O que é isso?

— Tchã-ram! — Ele abriu o plástico e revelou um quadrado de papel que, depois de ser desdobrado com cuidado, revelou um mapa-múndi.

A última coisa que eu desejava ver era um mapa-múndi, já que aquilo significava que, mais uma vez, ele ia me obrigar a engolir mais uma descrição das últimas mudanças minúsculas no "plano de mestre" dele. Optei pela tática de desviar a atenção.

— Botas de caminhada? Para que vocês precisam de botas de caminhada?

— Para a nossa trilha. Nós vamos fazer uma trilha em...

— Desde quando você gosta de caminhada?

— Desde sempre.

— Besteira. Você sempre disse que detesta o campo. Você acha um tédio.

— Nós estamos falando da cordilheira do Himalaia. Não é o *campo*.

— É, sim. Só que é um campo bem grande.

— David... nós vamos ver picos de 8 mil metros de altitude. Você sabe quantos picos de 8 mil metros de altura existem no mundo?

— Não, e não quero nem...

— Seis.

— Sete — corrigiu Paul.

— São seis.

— Existem sete.

— Seis.

Eu me virei para Liz.

— Estes dois são uma companhia fascinante.

Ela deu de ombros e me lançou um meio sorriso.

— James — falei, interrompendo a discussão deles —, vocês são chatos. Os dois são chatos de matar. Conversem sobre a viagem em particular, pode ser? Há duas outras pessoas aqui, e gostaríamos de ficar acordados. Portanto, será que podemos tentar conversar sobre outro assunto?

— Ah! — disse James.

— O que você quer dizer com "ah!"?

— É só que... isso... não é muito elegante.

— *Elegante*?

— Quer dizer... esse tipo de... inveja explícita... é... é simplesmente vergonhoso.

— Ah, *entendi*. Não estou de saco cheio... estou com inveja.

— Está.

— E, no fundo do meu coração, só estou desesperadamente interessado em saber quantas montanhas são um pouco mais altas do que as outras.

— Dave... você não aguenta escutar nós dois falando sobre a nossa viagem porque isso faz com que você lembre que está desperdiçando o seu ano e que não planejou nada por que, basicamente, você é medroso demais para viajar.

— Eu vou para o exterior.

— Para a Suíça?

— É.

— Aaah... mas quanta coragem! Você realmente vai arriscar sua vida e sua integridade lá. Garçom em um hotel na Suíça! Quanto perigo!

— Não enche, James.

— A higiene lá também é chocante. Você vai ficar superdoente na *Suíça*.

— James, você está sendo um chato — disse Liz. — Talvez ele queira aprender francês. Ou alemão. Para qual parte do país você vai?

— Vou para a área que fala francês, perto do...

— Você quer aprender francês, David? Uma coisinha prática para colocar no seu currículo?

Deu para sentir meu rosto ficando vermelho.

— Você está com inveja e você é um covarde — disse ele. — Não consegue encarar nenhuma viagem de verdade porque acha que não seria capaz de sobreviver em... em uma cultura diferente.

— Eu seria capaz de sobreviver, sim.

— Então, por que você não vai?

— É só...

— Pare de pegar no pé dele — disse Liz. — Nem todo mundo é igual a você, James. Se ele não quer viajar, ele não quer viajar e pronto. Sabe, não é obrigatório.

Foi isso. O momento em que me apaixonei por ela. Ou em que comecei a me apaixonar por ela.

James engoliu uma risadinha de desdém e tentou sorrir. Ele não gostou nada do fato de a namorada o contradizer em público. (Esse é o tipo de idiota que ele era.)

— É, mas... quer dizer, você viajaria se não estivesse presa ao seu curso de introdução à arte.

— Não estou *presa* ao meu curso de introdução à arte.

— É, mas se você tivesse tempo, iria para a Ásia ou algo assim, não iria?

— Eu provavelmente *vou* para a "Ásia ou algo assim". Tenho férias de verão perfeitamente compridas.

— Eu sei. Já conversamos sobre isso. Só estou dizendo que, se você, assim como Dave, tivesse um ano sabático, não ia desperdiçar seu tempo passeando na Europa.

— E só estou dizendo para você parar de ser exibido. Nós todos já sabemos para onde você vai. Achamos que você é muito inteligente e muito corajoso. Agora chega.

O silêncio se instalou. Os dois ficaram se encarando. Veias saltavam nas têmporas de James. Eu estava quase desmaiando de tanta alegria.

— Querem que eu vá buscar mais bebidas? — perguntou Paul, pigarreando. — O que vocês...? Hum... que tal a mesma coisa de novo? ...É o que eu vou trazer, então.

Paul se dirigiu para o bar, e seus sapatos guincharam um pouco quando ele caminhou. James e Liz continuaram se encarando.

— Preciso ir ao banheiro — falei, me levantando. — Ah, não, não preciso. Vou depois. — Eu me sentei de novo, tentando segurar um sorriso maligno. James só olhou furioso para mim. Dei de ombros, fingindo não entender o que ele queria dizer. Virei a cabeça e percebi que Liz também estava segurando um sorriso, mas com bem menos eficiência do que eu. Um sorriso de desdém se delineava nos lábios dela... e não era dirigido a James, mas sim a mim.

— Quanto tempo você vai ficar na Suíça, Dave? — perguntou ela.

— Só durante e temporada de esqui. Uns quatro meses.

— Bom, já que o Dr. Livingstone aqui vai cair fora, minha vida social corre perigo de definhar. Que tal você me dar uma ligada quando voltar?

Cegueira. Pulso acelerado. Suor frio.

— Hum... é. Eu não... hum... peguei o seu...

— Meu número é este aqui. — Ela tirou uma caneta da bolsa e escreveu seu telefone em uma bolacha de chope.

— Obrigado. — Sorri, e ela piscou para mim. Eu me virei para sorrir para James, mas ele parecia estar exibindo os sintomas de gripe avançada e nem conseguia me encarar.

Sei que é ruim pensar essas coisas dos amigos, mas durante vários anos tinha ficado óbvio para nós dois que ele se saía sempre melhor do que eu. Não era nada específico, apenas um acúmulo de pequenas coisas que sempre deixavam James por cima. Agora, com aquela bolacha de chope no meu bolso de trás, pela primeira vez desde que nós tínhamos 15 anos, eu sentia que tinha me saído melhor do que ele.

Flutuei no caminho do bar para casa, tocando com os dedos, repetidamente, em intervalos de poucos segundos, o pequeno volume quadrado com cantos arredondados no bolso de trás da minha calça jeans.

Está sim. Você está me convidando para sair.

Eu tinha passado a primeira metade do meu ano sabático trabalhando na Sock Shop, uma loja que só vendia meias, da King's Cross. Quando você trabalha em uma loja de roupas, a única coisa que precisa fazer é andar de um lado para o outro dobrando o que os clientes desdobraram. Por isso a Sock Shop é um lugar particularmente esquisito de se trabalhar, já que não dá para dobrar meias. Sua vida começa a ter tão pouco significado que você se pergunta se ainda continua vivo. Depois disso, até começa a duvidar se meias existem mesmo ou não.

A maioria dos meus amigos tinha tido empregos parecidos (apesar de menos surreais) e agora eles iam gastar o dinheiro em uma viagem à Índia, ao Sudeste Asiático ou à Austrália. Todo mundo parecia ter ideias grandiosas a respeito de como ia se encontrar, fosse lá o que isso significasse, com alguma jornada a um buraco pulguento bem pobre na metade da subida de alguma montanha infestada de malária do outro lado do planeta. Havia uma crença generalizada de que férias longas e desagradáveis eram de importância crucial ao desenvolvimento de qualquer ser humano.

A essa altura, eu ainda não tinha nenhum plano em relação ao que faria quando voltasse da Suíça, mas tinha certeza absoluta de que a última coisa que iria querer seria ir para algum lugar sujo. Basicamente, detesto ficar doente, e não conseguia entender o objetivo de fazer as malas e partir para algum lugar só para pegar uma disenteria e provavelmente algo pior. Também não conseguia entender o que haveria para fazer o dia inteiro em um país tão pobre que nem tivesse museus. Não que eu goste particularmente de museus... só estou dizendo que até é legal passar um tempo apreciando os pontos turísticos... algumas semanas, talvez... mas o que você faz quando não tem ponto turístico algum? Só anda de um lado para o outro vendo pessoas pobres comerem coisas nojentas que acabam com o fígado da gente pelo resto da vida? O que se faz o dia todo?

A defesa mais eloquente que obtive a respeito desse tipo de viagem foi de Paul, que disse:

— Sei lá. Tem que ter *alguma coisa* para fazer. Parece que as drogas são bem baratas.

James passou então a desenvolver uma espécie de teoria extensa e muito rebuscada a respeito dos preconceitos culturais imperialistas e de se colocar voluntariamente em uma situação em que se é forçado a pensar sobre coisas que todo mundo está acostumado no Ocidente, mas dava para ver que o resumo do raciocínio dele, na verdade, era: "As drogas são baratas *mesmo*." Além do mais, qualquer pessoa que fale sobre refletir a respeito de seus preconceitos culturais e depois vá para a Tailândia está só falando merda.

Apesar de eu achar que a coisa toda parecia um tanto sem sentido, continuava me sentindo pressionado a fazer aquilo. Por mais que eu racionalizasse minha vontade de ficar na Europa, sempre acabava sentindo que, para ser honesto de verdade, minha atitude podia ser nada mais que covardia. Não havia nenhuma outra explicação possível. Se eu não conseguia encarar uma viagem ao Terceiro Mundo, era um covarde.

No fundo, no fundo, eu esperava que acontecesse alguma coisa que me carregasse até uma terra cheia de sofrimento, perigo e pobreza, mas não tomaria nenhuma atitude para que isso acontecesse. Queria ter uma dessas grandes viagens na minha bagagem, mas nunca conseguiria organizar tudo. Não tenho o menor problema com sofrimento, perigo e pobreza, mas sujeira e doença são duas coisas que por acaso odeio. Eu simplesmente não queria ir.

Já em relação ao que eu faria quando voltasse da Suíça, ficava deprimido só de pensar. Teria ganhado bastante dinheiro até lá, e a obrigação de viajar seria mais forte do que nunca. Eu precisava pensar em alguma maneira de gastá-lo que não parecesse tanto uma desculpa esfarrapada.

Meu trabalho na Suíça acabou se revelando tão tedioso quanto o da Sock Shop, sendo que o tédio alpino se distinguia da variedade metropolitana pelo fato de ter um cheiro um pouco melhor. Por algum motivo, não conheci nenhuma milionária tarada que só tinha mais alguns meses de vida e voltei para a Inglaterra sem nenhum plano a respeito do que fazer com o resto do meu ano. Agora já era março, e todos os meus amigos ou estavam no exterior ou na faculdade.

Depois de folhear displicentemente minha agenda, fui forçado a reconhecer que precisava tomar uma atitude radical se quisesse fazer algo da vida. Desencavei a bolacha de chope e fiquei olhando para o telefone da Liz.

Durante vários dias meu pulso se acelerava um pouquinho sempre que eu passava perto de um telefone. Mas não conseguia tomar coragem para ligar para ela.

Depois de executar o ritual de discar a metade do número, dar algumas voltas pela casa, discar a metade do número, sair para comprar leite, discar a metade do número, dar uma passada na banca para comprar o jornal, discar a metade do número e ir até o jardim para torturar algum animalzinho, todos os dias, durante quase uma semana, finalmente me forcei a completar a ligação.

— Alô... a Liz está, por favor?

— Claro... sou eu.

— Ah.

Eu não sabia o que dizer. O que se deve dizer em uma situação dessas?

— Oi — experimentei.

Era isso mesmo. Parecia certo.

— Oi. Quem é?

— Hum... sou eu. Dave. Dave Greenford. Amigo do James.

— Dave! Caramba... que bom falar com você. Como vai?

— Tudo bem, tudo bem.

— O que você anda fazendo?

— Ah... nada de mais. Sabe como é. Acabei de voltar da Suíça.

— Ah, é, claro. Como foi?

— Uma porcaria. Só tinha idiota lá.

— É mesmo?

— É.

— Como assim... Todo mundo?

— Todo mundo que conheci.

— Meu Deus. Mas que falta de sorte.

— Não exatamente... foi mais uma certeza estatística.

— Entendo. Parece que você realmente se envolveu com a cultura local.

— Totalmente... Comecei a cantar igual aos montanheses e comi um monte de queijo borrachudo. O que mais eu podia querer?

— Então, vai voltar logo para lá?

— Assim que eu puder. Mas, bem... e você? O que anda fazendo?

— Nada. Ando entediada até a morte.

— Entediada até a morte? Isso parece sério.

— Todo mundo está fora. Meus amigos simplesmente desapareceram da face da terra.

— Fico feliz de ouvir você dizer isso. Eu estou exatamente com o mesmo problema. É trágico. Todo mundo desapareceu. Minha vida social parece a de uma ameba.

— Eu achava que as amebas tinham uma vida social e tanto — disse ela. — Quer dizer, a gente nunca vê uma ameba sozinha, não é mesmo?

Mas que coisa estranha de se dizer. Senti minhas bochechas ficarem vermelhas. Pronto. Eu estava me apaixonando por ela de novo.

— Imagine então uma ameba com dificuldade para falar e que tenha espinha — sugeri.

— Quem sabe uma que tenha dificuldade para se contorcer.

Que coisa fantástica! Agora nós estávamos nos conectando de verdade.

— Imagine ser uma ameba que tivesse dificuldade para se contorcer — falei. — Ninguém ia querer papo com você. Se conseguisse se contorcer só pela metade, só ia poder andar em círculos, e todo mundo ia ficar tirando sarro da sua cara.

— Você acha que existem amebas todas gostosonas e populares? Que saibam se contorcer de um jeito todo sensual?

Eu estava quase arrasado de tanto tesão.

— Olhe... Liz. Você está ocupada?

— Como assim?

— Sabe como é... você está muito ocupada, tipo, nesta semana?

— Você está me convidando para sair?

— Não, não, não. Não estou. Não estou. É só... meio que fiquei pensando se a gente podia tipo se encontrar para beber ou algo assim.

— Está sim. Você está me convidando para sair.

— Não... não é nada disso, eu só...

— Não precisa ficar nervoso, seu bobo. Eu só estou implicando com você. Você é amigo do James. Não vai exatamente virar para trás e começar a me agarrar assim que ele sair do país, não é mesmo?

Dei uma risadinha fraca.

— Então, vocês ainda estão juntos?

— Claro que estamos. Olhe... não tenho porra nenhuma para fazer hoje à noite. Quer me encontrar em Camden por volta das 20 horas?

— Tudo bem.

— A gente se vê na saída da estação.

— Tem duas.

— Então, na principal.

— As duas são iguais.

— Ah, não seja tão pentelho. A gente se vê na mais bonita.

E ela desligou.

Merda! Ninguém nunca tinha me dado ordens desse jeito. Eu geralmente passava uns bons vinte minutos negociando um ponto de encontro adequado, e ela simplesmente... caralho! Que coisa fantástica.

Mais um pêssego carnudo, suculento e maduro

Eu me atrasei para o nosso encontro na estação de Camden, porém Liz se atrasou ainda mais. Pela primeira vez reparei que uma das saídas era levemente menos feia do que a outra, e foi lá que ela apareceu.

Fomos ao bar World's End e pedi uma Guinness na esperança de parecer pelo menos um pouquinho intelectual.

Era a primeira vez que ficávamos só nós dois, e quando nos sentamos com as bebidas, ficou claro que, na verdade, não tínhamos muito sobre o que conversar. Nossa única conexão era James. Eu não queria incentivá-la a falar sobre ele, mas também não queria longos silêncios, e quando o primeiro deles começou a se estender demais, me acovardei e escolhi a opção mais fácil.

— Você tem notícias de James?

— Tenho sim, muitas. Parece que ele está se virando bem. No começo eu recebia mais de uma carta por semana, aí começou a diminuir. Agora, faz uns 15 dias que não recebo nada.

— Quando ele foi?

— Em janeiro.

— Caramba... faz três meses.

— Faltam mais cinco.

— Não me toquei que seria tanto tempo.

— Nem me diga.

— Isso é *muito* tempo. Oito meses. Você não acha que ele vai se entediar?

— Se ele vai se entediar? Você acha que ele vai conseguir fazer tudo que tem para fazer na Tailândia, em Hong Kong, em Bali, na Austrália e nos Estados Unidos em oito meses?

— Não... não é isso... é só que... *oito meses* longe de casa. É uma eternidade. Sem Marmite. Sem *EastEnders* na TV. Cerveja quente.

— Cerveja quente?

— Parece que sim. Bom, talvez não na Austrália.

— Eu estava torcendo para que ele ficasse um pouquinho mais preocupado em sentir a minha falta.

— Exatamente. Isso também. Oito meses...

— Já está bem difícil assim.

— E você não se importa com o fato de ele fugir e deixar você sozinha durante todo este tempo?

— Ele não *fugiu*. É o ano sabático dele, caramba. Eu não ia querer namorar alguém cuja ideia de diversão fosse ficar encalhado em St. Albans trabalhando como office boy o ano todo.

— Acho que não. Mas você não teve vontade de ir com ele?

— *Claro* que tive. Você acha que eu iria preferir estar num bar com você a estar numa praia na Tailândia com James?

— É, acho que não.

— Existe uma pequena questão da minha vida a ser levada em conta. Não posso simplesmente sair assim para viajar. Estou no meio de um curso.

— Ah, é. Esqueci. Mesmo assim... ele podia ter esperado. Quer dizer, você tem férias no verão, não tem?

— Faz anos que ele planeja isso. Antes mesmo de a gente se conhecer.

— Então, você não se importa?

— Não vou dizer que não me importo. Não estou exatamente feliz da vida de passar o ano inteiro sozinha. Mas é isso que ele tem que fazer.

— *Tem* que fazer?

— É... tem que fazer.

— Por que ele *tem* que fazer?

— Simplesmente porque sim. É assim que ele se sente.

— Como assim? Para ele poder *se encontrar*?

— Você é tão cético em relação a tudo isso. Qual é o seu problema?

— Eu não tenho problema nenhum. Só não acho... sabe como é... Acho que ele não está tratando você muito bem.

Ela riu e balançou a cabeça.

— Você é engraçado.

— Por quê? — perguntei e sorri.

— Bom... além de ter inveja porque ele foi viajar, você também tem inveja da namorada dele. E supostamente é amigo dele. Quer dizer, se é isso que você pensa dos seus *amigos*...

Não era isso que eu esperava ouvir.

— Como assim?

— Como assim o quê? — Ela tinha um sorriso sacana nos lábios.

— Como assim "com inveja da namorada dele"?

Ela se virou na cadeira, fingindo examinar o bar em busca de alguém.

— Merda... acho que estou falando de mim — respondeu ela.

E então me lançou um daqueles olhares. Aqueles olhares dos quais você tem que desviar os olhos.

— Acho que você não entende o tipo de relação que tenho com James — disse ela. — Não somos mais crianças. Não somos dois adolescentes se agarrando atrás da banca de jornal, sabe?

— Vocês ainda são adolescentes.

— É... mas não ficamos nos agarrando atrás da banca de jornal. Nós fazemos amor.

Ela só disse isso para me deixar apavorado. Realmente, não havia necessidade desse tipo de linguagem.

— Estou muito impressionado.

— Dave.. você entende o que estou dizendo? É um relacionamento de verdade. Somos apaixonados.

— Certo, certo, certo, certo. Entendi o recado. Tudo bem. Vamos mudar de assunto... por favor.

Um longo silêncio se instalou. Eu continuava evitando os olhos dela.

— Quer saber de uma coisa? — perguntou ela.

— O quê?

— O engraçado é que...

— O quê?

— Nós conversamos sobre isso antes de ele ir embora.

— Sobre o quê? Sobre mim?

— Não. Sobre *isto*.

— Como assim?

— Sobre infidelidade.

— Certo.

— E nós decidimos que...

— O quê?

— Bom... sabe como é. Eu e ele estamos juntos há... o quê? Uns cinco meses. Agora ele foi viajar por oito meses, e nós simplesmente pensamos... que não dá para forçar essas coisas.

— Que coisas?

— Sabe como é... independentemente do que acontecer, quando ele voltar, as coisas não vão ser as mesmas. Não vai dar para simplesmente retomar do ponto em que paramos.

— E daí?

— E daí que a gente pensou... que é melhor deixar rolar. Nós dois achamos que, com ele tão longe, as chances de ele... tipo... se comportar... são mesmo muito baixas, e que quanto mais pressão nós sentirmos para sermos... fiéis ou algo assim... mais difícil vai ficar. Basicamente... nós dois achamos que, quanto mais pressão houver, mais provável será que a gente fique com outra pessoa.

— O que você quer dizer?

— Só que... nós dois resolvemos ser um pouco abertos em relação às coisas. Que se alguma coisa acontecer, não vai ser o fim do mundo. Que nós dois devemos fazer o que tivermos vontade.

— E o que você *tem vontade* de fazer?

Eu estava tentando conter o riso.

— Bom... sei lá. É só que eu e James... nós antes... sabe como é... a gente se divertia muito. Era *sempre* ótimo. Bom... talvez não no começo... Quer dizer, nas primeiras vezes ele não tinha a menor noção do que estava fazendo... mas quando pegamos prática... sabe que sempre... nós sempre nos divertíamos muito. E até ele ir viajar, nós passamos a maior parte do tempo juntos... durante semanas. Eu estava praticamente morando com ele. Ele sempre estava por perto... E, quer dizer, para ser sincera... — Ela soltou uma risadinha. As bochechas dela ficaram levemente coradas. — Olhe... posso ser franca? Para ser sincera... a gente acostuma.

Ela deixou a ideia pairar sobre a mesa à nossa frente até amadurecer.

— Agora só faz três meses... e eu estou ficando... sabe como é... quase... tipo... desesperada.

Lá vinha mais um. Mais um pêssego carnudo, suculento e maduro. Eu estava muito, muito animado.

— E...? — perguntei.

— E o quê?

Ela parecia não saber do que eu estava falando.

— Quer dizer... por que você está me contando isso?

Lancei um olhar de flerte para ela.

— Ah, certo. Percebo. É... lembrei. Eu só estava pensando... por isso que é tão engraçado.

— O quê? O que é engraçado?

— Você. Você é engraçado.

— O quê? Por quê?

— Você é engraçado, só isso. Sabe como é... essa coisa toda parece uma grande ironia.

— Por quê?

— Simplesmente me dá vontade de rir. Você está aqui passando essas cantadas desajeitadas e hilárias em mim... e se você não fosse... se não fosse quem é... eu provavelmente ia dançar de acordo com a música, só para acabar com a pressão.

— O quê? Quem eu sou? O que eu sou?

— Você é amigo do James.

— E daí? O que tem de mais? Por acaso você me conheceu por intermédio do James. Mas e daí?

— *E daí?*

— Ele não está aqui. Vai demorar uma eternidade para voltar.

— Caramba! Pode ser que você não tenha escrúpulos, mas para mim faz diferença. Além do mais, de qualquer forma está tudo errado.

— Por quê?

— Bom... nós somos amigos, certo?

— Somos.

— Então, é errado. Sabe como é... se você fosse um cara qualquer, e se essa fosse a primeira vez que a gente estivesse se falando, a gente podia... sabe como é... entra e sai, muito obrigada, tchauzinho. Mas nós somos amigos. Não seria assim.

— Por que não?

— Seria impossível, só isso.

Essa era uma má notícia. Fiz minha cara de cachorro tristonho. Liz soltou uma semirrisada, ou um semissuspiro, e deu um apertão no meu joelho para me consolar. Mas que belo consolo foi *esse*.

— Olhe... você já se esqueceu do que falamos pelo telefone?

— O quê?

— Que todos os seus amigos ou estão fora do país ou na faculdade. Nós estamos encalhados. Olhe... estou mesmo muito feliz por você ter voltado da Suíça. É ótimo ter alguém com quem sair que não seja aquela gente esnobe da faculdade de arte. Nós dois podemos rir juntos. Eu não ia querer jogar isso fora só por uma rapidinha.

— Certo. Entendi.

Ela deu alguns tapinhas na minha coxa.

Eu jogaria fora quase qualquer coisa, de bom grado, só por uma rapidinha — aliás, quem disse que precisava ser tão rápido?

Obviamente, a definição dela da palavra "desesperado" era diferente da minha.

Mas tem que ser a Índia?

Nas semanas que se seguiram à nossa cerveja em Camden, passei a sair cada vez mais com a Liz. E comecei a perceber que, de um jeito estranho, ela tinha razão sobre o lance de não transar.

Por causa daquela conversa, sabíamos exatamente o que o outro pensava, e assim toda a coisa do sexo podia ficar de lado. Eu continuava a fim dela, e ela sabia que eu ainda estava a fim dela, mas nós dois sabíamos que não ia acontecer nada (ou pelo menos agíamos assim) e, em consequência, pudemos nos transformar em amigos normais.

Era a primeira vez que eu tinha uma amiga propriamente dita. Ela realmente era muito divertida, e era totalmente possível me dar bem com ela, apesar de desejar seu corpo e não poder fazer nada em relação a isso. Na verdade, eu me dava melhor com ela do que com qualquer um dos meus amigos de sempre. A gente era capaz de se divertir e tudo mais... e, às vezes, quando estávamos a fim, tínhamos conversas bem sérias. Quer dizer, as coisas que acabávamos dizendo às vezes eram... bom... íntimas mesmo. Acabei contando coisas para ela que nunca tinha contado para ninguém. Não consigo lembrar exatamente o que, mas na hora eu me lembro de ter achado que tudo parecia muito profundo.

Apesar de sermos apenas amigos e de eu nunca mais ter dado em cima dela, com o tempo ficou óbvio que estávamos nos aproximando cada vez mais. Sempre que nos sentávamos, era *bem* coladinhos um ao outro. Quando saíamos para caminhar, muitas vezes ficávamos de mãos dadas. E no cinema era bem comum darmos apertões em várias partes da perna um do outro.

Bom, eu não sou nenhum especialista, mas me parecia óbvio que estava rolando alguma coisa sexual. Eu não estava dando em cima dela nem nada, mas, cá entre nós, as coisas simplesmente estavam acontecendo... quase por conta própria. E quanto mais tempo passávamos nos tocando, falando sobre nossos segredos mais profundos e obscuros e expondo as profundezas do coração um para o outro, mais se fazia presente aquela coisa enorme que nenhum de nós dois mencionava.

E eu sabia — a gente simplesmente sabe quando isso acontece; sabe mesmo —, eu sabia com toda a certeza que, se eu dissesse que nós estávamos agindo como um casal em lua de mel, ela iria ficar toda chocada e brava, e a coisa toda simplesmente iria acabar em uma nuvem de fumaça... Porque se todo o lance físico desaparecesse, a amizade desabaria quase de imediato. Não ia dar para voltarmos a nos tocar sem nos sentirmos os maiores falsos do mundo.

De vez em quando, ela dizia coisas do tipo: "Você tem uma noção muito estreita de espaço pessoal, não é mesmo?", o que é a maior *besteira*... não chega nem perto da realidade. A minha zona de exclusão é maior do que a de Chernobyl, e detesto encostar nos outros, de verdade... mas tinha que mentir e dizer que ela tinha razão.

Ela deve ter percebido que a amizade toda era uma farsa e que algo pesado estava a caminho, mas fez questão de garantir que nenhum de nós dois admitisse o fato.

Eu já me convencera de que a coisa toda chegaria ao clímax em um frenesi cheio de suor e culpa, e que depois nós nunca mais conseguiríamos conversar. Mas um dia, Liz, completamente do nada, apresentou uma sugestão que abriu mais possibilidades sexuais do que eu ousara sonhar.

Era quase fim de abril e já era a terceira vez naquela semana que Liz faltava à aula. Nós tínhamos passado a tarde toda sem fazer nada em Hampstead Heath e estávamos deitados no chão de barriga para cima. Eu estava esparramado na grama, e a cabeça de Liz estava apoiada na minha barriga.

— Então, o que você vai fazer? — perguntou ela.

— Em relação a quê?

— Ao resto do seu ano.

— Aaah... esta é a pergunta de 5 milhões de dólares, não é?

— Seis milhões.

— Não tem tanta importância.

— Você ainda tem mais de quatro meses.

— É verdade.

— Vai trabalhar?

— Não se eu puder evitar.

— Você precisa trabalhar?

— Na verdade, não.

— Está de brincadeira.

— Não preciso. Agora sou o Sr. Carteira Cheia.

— É mesmo?

— É, sim. Não dá para perceber?

— Não... você continua tão mão de vaca como sempre.

— Bom saber.

— Então, como é que você ficou tão rico?

— Basicamente... o salário mínimo na Suíça é mais de mil por mês. E como eu não tinha vida social, guardei a maior parte.

— Mais de mil por mês?

— Bom... eles ficam com a maior parte do salário para pagar a acomodação e a comida... apesar de nos colocarem num porão e darem as sobras da cozinha para comermos. Mas mesmo assim... voltei com mais de mil.

— É mesmo?

— Junte a isso o que eu tinha ganhado na Sock Shop.

— Seu sacana rico! E por acaso você algum dia me convidou para jantar? Você alguma vez comprou um pirulito para mim?

— Olhe... estou economizando.

— Para quê?

— Para o resto do meu ano sabático.

— Para viajar?

— Exatamente.

— Mas você acabou de me dizer que não sabia o que ia fazer.

— E não sei.

— Mas você sabe que vai viajar.

— É. Acho que sim.

— Como assim, "acha que sim"? Parece até que estou convencendo você a viajar contra sua vontade.

— Não.

— Então, você quer viajar?

— Acho que sim.

— Você *acha* que sim.

— Bom... quer dizer, eu *quero*. Com toda a certeza, quero viajar. Não tenho medo. Mas eu não... não quero ir sozinho... e na verdade ainda não me organizei, mas todo mundo já foi embora. Então, na verdade, não sei o que fazer.

— *Entendi*. Certo. Quer tirar leite de pedra ou o quê?

Um silêncio se instalou enquanto Liz observava Londres e refletia.

— Eu tenho longas férias de verão, sabe? — disse ela. — Minhas aulas terminam no começo de junho. Isso nos daria três meses.

— Está falando sério?

— Muitíssimo sério. Não quero ficar de fora dessa coisa toda só porque estou cursando introdução à arte. E também não vou atrás de James nos Estados Unidos. — Ela olhou para mim e abriu um sorriso. — Eu sempre quis visitar a Índia, sabe?

— A Índia?

— Tenho um pouco de dinheiro guardado. Você quer ir à Índia comigo? No verão?

— Está falando sério?

— Estou, se você topar.

— Mas tem que ser a Índia? Não podemos ir para a Austrália?

— Não vou desperdiçar meu dinheiro com isso. É a Índia ou nada.

Pensei por menos de um segundo, uma visão surgiu na minha cabeça: um quarto de hotel espartano com piso de mármore, ventilador de teto, e Liz e eu trepando como dois coelhos em uma cama de casal enorme.

— Tudo bem — respondi.

— Combinado.

E trocamos um aperto de mão para selar o acordo.

Só pegar a mão dela daquele jeito já me deixou excitado. Liz e eu passaríamos o verão todo no exterior juntos. Iríamos dividir quartos de hotel. Tendo em vista as circunstâncias, não ia ter como eu não ir para a cama com ela.

Ela apertou a minha mão e me lançou mais um daqueles olhares.

— Como amigos — disse ela. — Só vai dar certo se isso ficar absolutamente claro.

— Certo. Como amigos — falei, inclinando-me para dar um beijinho na bochecha dela.

A costura quente e úmida da cueca samba-canção de James

O pai de Liz disse que pagaria a passagem dela, com a condição de me conhecer primeiro. Então fui convidado para jantar na casa dela junto com os meus pais. E essa se revelou uma das situações sociais mais estagnadas das quais já participei. Se um alienígena tivesse pousado naquela sala, ia achar que os seres humanos se comunicam por meio do som de talheres batendo nos pratos. Ainda assim, parece que atendi aos critérios que o pai de Liz tinha em mente, de modo que ele deu o dinheiro a ela .

Liz e eu começamos a passar dias inteiros juntos, debruçados sobre mapas, folheando guias e planejando nossa rota de maneira gradual. Nós chegaríamos ao aeroporto de Delhi, tomaríamos a direção norte até a cordilheira do Himalaia, daríamos uma voltinha pelo Rajastão e depois iríamos para o sul, para Bombaim, Goa e desceríamos até Kerala, bem na ponta. Depois disso, subiríamos pelo outro lado, de Madras a Calcutá, passando por Varanasi, para o norte até Katmandu, e então de novo a Delhi para tomar o avião de volta para casa. O centro do país aparentemente é a maior chatice... só tem um monte de gente que planta comida e passa calor, então fazer um trajeto pelas beiradas parecia a melhor rota para não deixar passar nada.

Muitas dessas sessões de planejamento avançavam noite adentro, e de vez em quando eu dormia na casa dela. O lugar era uma república apertada, que ela dividia com outras três garotas do curso dela, e não tinha quarto de hóspedes, de modo que eu tinha que dormir em cima de umas almofadas no chão do quarto dela. Havia algo de profundamente erótico naquilo. Ficar lá deitados conversando depois de termos apagado as luzes parecia quase aquela conversa de travesseiro. Uma atmosfera serena de pós-coito pairava no ar, estragada apenas superficialmente pelo fato de que eu quase sempre estava com uma ereção gritante.

Em uma noite, passado já algum tempo que estávamos naquela conversa de travesseiro, ela me disse que estava com o pescoço duro.

— Quer uma massagem? — perguntei.

— Você sabe fazer massagem?

— Até que sei — respondi, como quem diz: "Nunca fiz isso na vida, mas posso tentar."

Ela se virou para deitar de bruços, e eu subi para a cama dela, coloquei o edredom de lado e comecei a apertar sua nuca.

No começo ela ficou lá deitada desfilando todas as razões por que poderia ter ficado com o pescoço duro naquele dia e me dizendo como James era um massagista excelente. Ela não parava de falar dele, de modo que me desliguei e deixei de ouvir o que ela dizia. À medida que fui gradualmente descobrindo como fazer aquilo, reparei que a fala dela foi ficando mais lenta e que os intervalos entre as frases foram ficando cada vez mais longos, até que as pausas começaram a vencer.

Então ela começou a fazer uns barulhos. Acho que, na verdade, não posso chamar de gemidos, pois seria um certo exagero. Não eram exatamente gemidos, mas também não eram suspiros... eram um pouco mais do que resmungos.

Logo eu já não estava massageando só o pescoço dela; estava com as mãos nos ombros e depois na parte de cima das costas. Então meus dedos começaram a pegar na gola da camiseta dela... tentando passar a impressão de que estava atrapalhando e tornando impossível uma massagem de verdade.

Para ser sincero, aquela era uma cena esquisita. Lá estava eu, só de cueca samba-canção, sentado em cima dela, com uma perna de cada lado de seu corpo, massageando suas costas, enquanto ela soltava um pouco mais do que resmungos e, em intervalos regulares de poucos minutos, me dizia como éramos bons amigos e como ela amava James.

Comecei a subir a camiseta dela centímetro a centímetro, até estar toda embaixo das axilas. Com o disfarce de fazer uma massagem no braço, no antebraço e na mão, estiquei os braços dela para cima. Então, com um movimento suave, a camiseta passou por cima da cabeça, escorregou pelos braços e caiu no chão.

Vush!

Ajeitei o cabelo dela e fiquei olhando para aquelas costas.

Para aquelas costas longas, arrebatadoras, elegantes e lindas.

Assim, sem a camiseta no caminho, eu podia me mover rapidamente, deslizar e esfregar em movimentos longos, fáceis e desimpedidos.

Ela parou de falar, e o que eram pouco mais do que resmungos se transformaram em gemidos.

Nas laterais das costas dela dava para sentir o volume dos seios. Estavam bem ali, descobertos, apertados contra o lençol. E eu estava logo ali com eles.

Depois de um tempo, desci um pouco e passei para as pernas. No caminho percebi que ela só usava uma cueca samba-canção.

Agora ela estava gemendo, com certeza. E lá ia eu, para cima e para baixo, por todo seu corpo, deixando as mãos escorregarem de maneira sutil um pouquinho para dentro da cueca quando passavam. Uma dessas pequenas explorações que passou pelo elástico da cueca revelou nada mais nada menos que uma etiqueta com um nome. À meia-luz que entrava pela fresta da cortina, consegui distinguir as palavras. "JAMES IRVING."

Devolvi o elástico rapidinho para o lugar.

Gradualmente, comecei a concentrar a atenção nas coxas dela, depois na parte interna das coxas, passando para o alto da parte interna das coxas. Em uma série de pequenos ajustes, as pernas dela se abriram para acomodar as minhas mãos.

Lentamente, o quadril dela se ergueu alguns milímetros do colchão. Segui o convite e vi meus dedos na costura quente e úmida da cueca samba-canção de James. Depois disso, só segurei firme e fiquei observando. Eu mal precisava me mexer. O quadril dela se agitava para a frente e para trás em cima da minha mão, cada vez mais rápido e com mais força, até que ela soltou um gritinho esquisito, estremeceu de leve, empurrou minha mão para longe, virou para o lado e caiu no sono.

Em vez de voltar para minha cama, me aninhei atrás dela e tentei dormir com minha ereção pressionada com firmeza contra a bunda dela.

De manhã, acordei primeiro e voltei para a minha cama, onde acordei de novo para fazer a minha parte na farsa de que nada tinha acontecido. Depois de ter feito isso, desci para o andar de baixo, preparei o café da manhã para nós dois e levei para o quarto. Equilibrei a bandeja em cima do rádio relógio de Liz e fui para a cama dela. Ela ainda estava meio dormindo, mas, de alguma forma conveniente, tinha colocado a camiseta de novo.

Juntos, mastigamos o cereal e as torradas como dois bons amigos que por acaso estavam compartilhando um café da manhã agradável em cima do mesmo colchão. Nenhum de nós mencionou o que tinha acontecido, apesar de eu sentir um cheiro salgado e excitante nos meus dedos cada vez que levava a colher à boca.

Mais para o fim daquela semana, Liz e eu compramos as passagens. Partiríamos imediatamente depois do fim das aulas dela e retornaríamos quase três meses depois, bem a tempo de eu começar as minhas aulas na faculdade.

Não estou transando agora

Depois de um tempo, as noitadas acompanhadas de massagem tornaram-se rotina. A técnica de massagem gradualmente se desenvolveu até que passou a envolver os dois só de roupa de baixo esfregando diversas partes do corpo um do outro juntos.

Como Liz nunca mencionou o tema da nossa relação sexual que desabrochava durante nossas conversas, resolvi acompanhá-la e permitir que continuássemos com a ilusão de sermos bons amigos que só por acaso gostavam de massagem medicinal seminua. As propriedades curativas dessas massagens gradualmente foram se concentrando cada vez mais nos genitais, e nesse ponto a roupa de baixo se transformou em uma inconveniência muito grande e, de repente, estávamos nus.

É um fato bem conhecido que, se duas pessoas ficam deitadas em uma cama, nuas, esfregando os genitais, mais cedo ou mais tarde um genital vai escorregar para dentro do outro.

Foi o que aconteceu. Uma forma *muito* avançada de massagem medicinal.

Foi a essa altura que resolvemos discutir contracepção.

— Você toma pílula, não toma?

— Não. Eu parei.

— Tem camisinha?

— Não. Joguei as que tinha fora.

— Por quê?

— Foi um gesto.

— Puta que pariu. Um gesto de quê?

— De fidelidade, é claro.

— Ah, sei.

— É melhor você tirar.

— Tudo bem.

— NÃO AGORA, seu idiota.

— Ah, entendi.

Eu remexi meu pau um pouquinho, até começar a formigar, e então tirei.

— Você pode me masturbar?

— Não!

— Ah, por favor.

— Por que eu faria isso?

— Eu já fiz em você um monte de vezes, e você nunca tocou em mim.

Ela riu com desdém e enfiou a mão por baixo do edredom. De algum modo, conseguiu encontrar a única parte do meu pênis que não tinha nenhuma terminação nervosa e ficou puxando até começar a doer. Peguei a mão dela na minha e mostrei o que fazer e, em poucos segundos, eu já tinha gozado em cima da barriga dela.

Sinto que é necessário reforçar que aquilo foi apenas sêmen de amizade. Uma forma de óleo de massagem natural, se assim preferir. Porque não havia nada de sexual entre Liz e eu. Absolutamente nada. Prova disso é o fato de que ela *continuava* se recusando a me beijar.

Depois, nós dois fomos dormir, provavelmente mais por educação do que por qualquer outra coisa. Eu sabia que ela precisava de tempo para decidir o que dizer. Agora ficaria realmente difícil para ela negar que algo de fato tinha acontecido. Com sorte, acordaríamos no dia seguinte, trocaríamos um beijo com bafo e nos denominaríamos amantes oficiais.

No segundo em que Liz abriu os olhos, pulou para fora da cama. Eu a segui até o andar de baixo, e tomamos o café da manhã em silêncio até que eu fiz a grande pergunta.

— Liz? Por que você não me beija?

Ela continuou a comer, olhando para o fundo da tigela de cereal e mastigando devagar enquanto decidia o que responder.

— Não é óbvio? — resmungou ela.

— De acordo com as circunstâncias, nada me parece óbvio, nem um pouco.

— Eu não te amo.

— E daí?

— Como assim, "e daí"?

— Eu sei que você não me ama. Eu sei qual é a nossa situação. É só que, se nós vamos... sabe como é... transar, então a gente pelo menos pode tentar aproveitar.

— Eu amo o James. Isso não significa nada para você?

— Não muito. Olhe... é ridículo você não parar de falar dele enquanto está fazendo todas essas coisas comigo. Não sei por que você não pode simplesmente reconhecer o que está acontecendo... E então, quando ele voltar, todos nós poderemos voltar à normalidade.

— É isso mesmo o que você quer?

— Claro que sim.

— E você acha mesmo que as coisas vão ser assim?

— Não sei por que não. Não custa nada tentar.

— Você é tão ingênuo... Acho difícil acreditar que você saiba tão pouco sobre relacionamentos. Você está falando merda.

— Por quê? O que poderia dar errado? Você acha que eu não seria capaz de me desapegar?

— Acho.

— Eu vou ficar bem. Se nós combinarmos tudo antes, depois eu não vou poder reclamar, não é mesmo?

— E existe a pequena questão de James. Você nunca ouviu falar de uma coisa chamada ciúme? Acho que ele não ficaria exatamente feliz da vida.

— Achei que vocês tinham combinado ter uma relação aberta para que ele pudesse transar pela Ásia sem se sentir culpado. É bem feito para ele.

— Não dá para acreditar. Nem sei por que estamos discutindo isso. Você simplesmente é tão ingênuo que eu nem sei por onde começar. Parece que você não sabe nada. E eu não sou só um pedaço de carne que vocês dois podem trocar de um para o outro.

— Eu e ele não estamos trocando nada. Você é que está fazendo uma troca.

— Não estou nada.

— Claro que está.

— Não estou. Se... se você acha que é só porque você ficou me agarrando, se aproveitando do fato de saber que eu sinto falta de James... E agora que você finalmente conseguiu uma pequena recompensa pelos seus esforços, se está aí achando que ficou com o lugar dele, então tem muito a aprender.

— Tipo o quê?

— Tipo... tipo... *tudo*. Parece que você não sabe absolutamente nada a respeito de como os relacionamentos funcionam. Parece que você nunca ouviu falar de emoções humanas. Parece que você nem tem imaginação para perceber que as coisas que acontecem na superfície não são sempre a soma total do... nem sempre são o mais importante.

— Ah, *tá. Entendi*. Eu sou superficial por achar que transar significa alguma coisa. Finalmente entendi. A culpa é *toda minha* por ter tirado... a conclusão *ingênua* de que o fato de você estar transando agora comigo e não com James...

— Eu *não* estou transando agora com você em vez de com James. Olhe... já faz um bom tempo que você anda me apalpando, e finalmente conseguiu fazer o que queria, e espero que esteja satisfeito, mas agora isto vai parar.

— Ótimo. E eu é que sou superficial.

— É.

— Olhe, mesmo que você pare agora, nós dois sabemos que você quer. Nós dois sabemos o que fizemos.

— Eu *não* quero.

— Ah, certo. Fui eu que forcei você a fazer.

— Forçou.

— DO QUE VOCÊ ESTÁ FALANDO?

— Foi sim. Você me forçou. Em uma questão de semanas, você gradualmente foi se forçando para cima de mim.

— Quanta besteira.

— É verdade. Não sei como você pode negar.

— Eu não forcei para que acontecesse. Simplesmente aconteceu. E não percebi sua resistência.

— Se não resisti, por que não aconteceu logo de cara?

— Talvez *eu* não quisesse que acontecesse.

— É, isso é mesmo bem provável. Você transaria com qualquer coisa.

— Você realmente está sendo muito generosa consigo mesma.

— Mas, bom... nós não transamos. *Existe* uma diferença entre gozar em cima da barriga de alguém com masturbação e fazer amor.

— A mão era sua.

— A minha mão estava inerte. Você é que a movimentou para mim, se não se lembra.

— E você se esqueceu do que aconteceu antes disso, é?

— Ah, sim, você meteu seu pintinho em mim por dez segundos. Uau. É isso que eu chamo de paixão. Nunca senti nada tão bom.

— Se você tivesse camisinha...

— Mas eu não tinha. Exatamente por isso.

— Se você não tivesse medo de que fizéssemos amor, você não teria jogado todas fora.

— Nós *não* fizemos amor, e nunca vamos fazer. Se essa é a sua ideia de fazer amor, então você tem tido uma vida foi *muito* triste mesmo.

— Ah, vai se foder.

— E espero ter respondido à sua pergunta. É por isso que eu não beijo você. Porque você é um idiotinha de merda.

Nada de mais

Uma semana se passou antes que eu conseguisse ter coragem de ligar para ela.

— Oi — falei. — Sou eu.

— Oi.

— O que está fazendo?

— Nada de mais.

— Posso ir aí?

— Não. Estou ocupada.

— Achei que você tinha dito que não estava fazendo nada de mais.

— É... mas estou prestes a começar a fazer alguma coisa, o que você acha?

— O quê?

— Não é da sua conta.

— Tudo bem.

Uma pausa embaraçosa se instalou.

— Posso ir aí mais tarde?

— Não... Eu já disse, estou ocupada.

— Mas eu não tenho o direito de perguntar o que você está fazendo?

— Olhe... eu preciso estudar um monte de coisa. Não quero ser reprovada no meu curso, sabe?

— Mas e depois disso? A gente não devia fazer mais alguns planos?

— Não seja ridículo. Nós já sabemos exatamente aonde vamos. Já resolvemos tudo o que tínhamos para resolver. Você não pode controlar tudo, sabe? Se tentarmos planejar mais alguma coisa, simplesmente vamos arruinar tudo.

Levando em conta que eu tinha usado a expressão "fazer planos" como eufemismo para fazer sexo (possivelmente um feito linguístico inédito), a resposta dela foi um péssimo sinal.

— Estou cansada de fazer planos — disse ela, sendo bem clara. — Nós já decidimos o que vamos fazer e agora vamos deixar o resto para quando chegarmos lá. Estamos sendo detalhistas demais... Sabe de uma coisa? Você não pode passar a vida inteira resolvendo tudo com antecedência.

Eu não sabia o que dizer. Pronto, pensei comigo mesmo. Estraguei tudo, e a gente ainda nem chegou à Índia.

— Olhe... preciso desligar — disse ela.

— Tudo bem.

— Tchau.

Click.

— Tchau.

Ela colocou o telefone no gancho antes mesmo de eu dizer "tchau".

Só faltavam três dias para a nossa viagem. Durante esse tempo, não nos falamos mais.

PARTE DOIS

O que os mochileiros fazem o dia todo?

O Livro

Em nosso primeiro dia inteiro em Delhi, fomos ao Forte Vermelho, que era enorme e impressionante, mas fundamentalmente meio chato. Bem na porta, um sujeito vendia chapéus de sol com aba larga, equilibrando uma pilha enorme deles na cabeça, o que funcionava como chamariz para os compradores. Ao vê-lo, percebi que me sentia como se alguém tivesse jogado tijolos na minha cabeça. Eu precisava de um chapéu daqueles.

— Olá, amigo. Compra chapéu?

— Quanto custa?

— Melhor preço.

— Quanto custa?

— Quanto quer.

— Quanto *eu* quiser?

— Você dá preço.

— Quanto custa normalmente?

— Você dá preço, amigo. Qualquer preço... preço barato.

— Hum... 50 rupias?

Isso era um pouco menos de 2 libras, o que me pareceu razoável, mas no instante em que eu disse isso, ele enfiou o chapéu na minha cabeça e ficou esperando o pagamento. Estava na cara que eu tinha oferecido dinheiro demais, porém não havia como mudar de ideia, de modo que lhe dei o dinheiro.

Fingindo que não tinha visto o que havia acontecido, Liz perguntou quanto eu tinha pagado e riu na minha cara. Falei que não ligava e que achava um preço muito justo pelo que eu tinha recebido, já que era um chapéu bem bacana.

— Você não reparou que todos os ocidentais da cidade usam um desses? Seria melhor você andar por aí com uma placa escrito "Turista".

Olhei ao redor para ver se o que ela estava dizendo era verdade. Um grupo de trinta europeus de meia-idade com um guia turístico saiu do forte. Mais da metade das pessoas usava o meu chapéu.

— Cadê o seu guia, Dave? Você não vai se juntar aos seus amigos?

— Olhe... isto aqui não é desfile de moda, Liz. É confortável, então estou feliz. Se você quer ter insolação só para não ficar com cara de turista, o problema é seu.

— Vou comprar um chapéu. Só que talvez eu não compre do primeiro cara que vir na frente do maior lugar turístico da capital do país. Pessoalmente, eu gostaria de ser um tantinho assim discreta.

— Ótima ideia. Um chapéu vai servir mesmo para isso. O que mais você vai fazer? Passar graxa de sapato no rosto?

— Racista.

A essa altura eu já tinha me arrependido de ter comprado o chapéu, mas graças à discussão teria de usá-lo o tempo todo, só para mostrar que eu não tinha mudado de ideia por causa dela.

Mas que fiquei imaginando quanto as outras pessoas teriam pagado pelo delas, isso fiquei.

Jeremy tinha dito que uma corrida de riquixá de ida e volta até o forte não ia custar mais de 10 rupias cada trecho (mais ou menos 30 pence). Nossas tentativas de acertar esse preço foram recebidas com desdém pelos motoristas de riquixá. Liz conseguiu responder aos preços deles com desdém igual, se não maior, e acabei como espectador de uma discussão de vinte minutos para cada trajeto. Depois de um tempo, ou Liz ou o motorista saíam batendo os pés, e quando era a vez de Liz, eu me sentia na obrigação de segui-la, por honra.

Liz conseguiu negociar a ida por 15 rupias e a volta por mais 15, considerando ambas vitórias morais significativas. Mal acomodada no fundo do riquixá barulhento e fedido, dava para ver que ela estava esperando algum tipo de reconhecimento pelo esforço.

— Muito bem, Liz.

— Obrigada.

— Você conseguiu economizar pelo menos 15 centavos para nós. Quase 8 centavos cada.

— Será que você pode parar de agir como um ocidental tão mimado? Agora nós estamos na Índia.

— E daí?

— E daí que é preciso pechinchar. Faz parte da vida.

— É preciso coisa nenhuma. É só gastar mais uns centavos, assim você não vai ter que ficar parada no meio da rua ao sol do meio-dia berrando como uma *memsahib* enlouquecida.

— Não tem nada a ver com isso, e você sabe muito bem.

— Então, tem a ver com o quê?

— Olhe... se você simplesmente aceitar o primeiro preço que eles oferecem, fica parecendo um idiota. E eles ficam rindo pelas suas costas.

— E daí? Quem se importa?

— E se os ocidentais começam a pagar o dobro por tudo, nossa reputação fica ruim. Estabelece um mau exemplo. Faz com que todos nós pareçamos mimados e muito mais ricos do que somos na verdade.

— Mas nós *somos* ricos. Dez rupias não é nada. Não faz diferença se pagarmos o dobro.

— Essa não é a questão. Se fizermos isso, vai perturbar toda a economia local.

— Ah, sei. *Entendi*. É uma repetição da coisa toda dos pedintes. E eu que estava pensando que você era mão fechada, mas acontece que você só está sendo altruísta e travando a batalha pelo bem da economia local.

— Estou ficando muito cheia desse seu sarcasmo pseudomundano ridículo, Dave. Não tem nada a ver com ser mão fechada. Eu simplesmente não vou deixar essas pessoas me fazerem de idiota.

— Você estava mesmo parecendo muito sensata causando uma hemorragia interna a si mesma por causa de vinte centavos.

— Ah, vai se foder.

Fomos parados em um cruzamento por um policial de trânsito, e um par de crianças pedintes bateu na lateral do riquixá e enfiou a cabeça dentro do veículo para reforçar o pedido. Liz remexeu na doleira dela em busca de moedas, acho que para mostrar que não era sovina. Eu e o pedinte ficamos observando enquanto ela se debatia com a doleira, que agora continha um calhamaço de notas de quase meia polegada de grossura. Vi os olhos da criança se arregalarem, maravilhados.

— Não tenho nenhuma moeda — disse Liz.

O motorista do riquixá acelerou o motor. Liz examinou as notas em gestos frenéticos, à procura de um valor baixo.

— Você pode dar alguma coisa para ele?

— Eu achei...

— NEM COMECE — explodiu ela, com virulência impressionante. Sua paciência obviamente tinha diminuído bastante por causa das discussões com os homens dos riquixás. E pelo fato de ela não ter um chapéu.

Foi aí que o motorista se virou e xingou o pedinte em hindi. O pedinte o ignorou, sentindo que estava perto de conseguir algum dinheiro.

O motorista continuou gritando com a criança enquanto eu enfiava a mão no bolso, em busca de uma moeda. Bem quando o trânsito começou a andar, encontrei uma e coloquei na mão da criança enquanto nos afastávamos. O riquixá bateu no pulso do menino, e vi quando a moeda saiu voando.

Eu me virei para trás para olhar e vi a criança de joelhos no meio da rua, alheia ao trânsito que se arrastava com muito barulho, a centímetros de passar por cima dela. Enquanto íamos nos afastando, vi o outro pedinte se juntar a ele na busca no asfalto e o início de uma briga quando um deles pegou a moeda.

De volta ao hotel, Jeremy estava sentado na varanda, lendo.

— Vocês conseguiram? — perguntou.

— Foi por pouco — respondi.

— Quanto vocês pagaram pelo riquixá? — perguntou ele.

Liz se apressou antes que eu pudesse responder.

— Quinze.

— E 20 na volta — falei.

— Nada mau — disse Jeremy. — Com um pouco mais de prática, vocês chegam lá.

— O que você está lendo? — perguntou Liz.

— O *Gita* — respondeu ele, erguendo um exemplar do *Bhagavad Gita*.

— Ah, uau — exclamou Liz.

— É bom? — perguntei.

Ele me lançou um olhar condescendente.

— Se é bom? É do *Gita* que estamos falando. Quer dizer, você acha que a Bíblia é "boa"? — Ele fez as aspas com os dedos.

— Sei lá. Nunca li. Acho que deve ter alguns trechos bons.

Ele se virou para Liz, fazendo questão de não dirigir seus comentários a mim.

— Este é *o* livro. Explica tudo que você precisa saber sobre a Índia. Não dá para vir até aqui e não ler.

— Achei que *o* livro era o Lonely Planet. Então, o *Bhagavad Gita* é melhor do que o Lonely Planet? Os preços estão mais atualizados?

Os dois me ignoraram.

— Posso pegar emprestado depois que você terminar? — perguntou Liz

Ele deu uma risadinha.

— A gente nunca termina de ler o *Bhagavad Gita*. Já li e reli mais vezes do que sou capaz de me lembrar. Tome. — Ele fechou o livro e o jogou para ela. Não foi uma jogada muito boa, mas ela conseguiu pegar e olhou para ele, um pouquinho surpresa. Ele retribuiu o sorriso. — É para você — disse ele. — Digamos que seja um presente de apresentação. À Índia. — Ele colocou os braços atrás da cabeça, recostou-se na cadeira e olhou para o teto. — Quem sabe, se você tiver vontade, não me dá um dos seus livros um dia desses?

Em troca do exemplar de sessenta páginas com os cantos dobrados do *Bhagavad Gita*, ele recebeu um *Oscar e Lucinda* novinho, nunca lido.

— Nós decidimos o que fazer — disse Liz.

— Ah, é? — respondeu Jeremy.

— Vamos seguir o nosso plano original. Aqui está quente demais e a monção está a caminho, então vamos partir na direção das montanhas. Achamos que Simla é um bom lugar para a primeira parada.

— Simla?

— Acha que parece uma boa ideia?

— Você tem que fazer o que parece certo para você, Liz. Não posso lhe dizer aonde ir.

— O que é? Há algo de errado com Simla?

— Vá aonde seus sentimentos a levarem, Liz. É para isso que você está aqui. Não existe certo ou errado.

— Não foi isso que eu quis dizer. É só que...

— Vá, mais nada. Fique fria.

— Você quer... ir conosco?

NÃO! Não... ela não pode ter feito essa pergunta. Jeremy, não. Eu não conseguiria encarar.

— Eu adoraria — respondeu ele.

Nãããão.

— Mas não posso.

— Por que não? — perguntou Liz. — Achei que você podia ir aonde seus sentimentos o levassem.

— Essa foi boa. Mas não posso. Tenho que ficar aqui esperando um dinheiro chegar.

— Esperando um dinheiro chegar? — perguntei.

— É. Estou sem.

— De onde vem? — insisti.

— De casa.

— Como assim? De quem?

— Meus pais.

Não consegui segurar a risada. Isso é que é vida, pensei. A mamãe e o papai mandando dinheiro sempre que acaba.

— O que foi? — perguntou ele. — Por que é engraçado?

— Nada não.

— Do que você está rindo?

— De *nada*. Por acaso estou rindo? Isto aqui é uma risada?

— Você estava rindo e quero saber do quê.

— É só... sabe como é.

— Não, não sei.

— É só que... é engraçado seus pais mandarem dinheiro para você.

— Por quê?

— Porque é. — Dei um sorriso maldoso. Agora eu realmente tinha conseguido irritá-lo. — É só que... sabe como é... achei que você fosse um pouco mais velho, só isso.

Ele se levantou e jogou *Oscar e Lucinda* no chão.

— O que você quer dizer com isso?

— Nada.

A atmosfera ficou pesada enquanto nos encarávamos sem dizer nenhuma palavra.

— Desculpe — falei. — Não devia ter rido. Quer dizer, não sou melhor do que você só porque trabalhei para ganhar o dinheiro para vir para cá. E também não foi exatamente uma surpresa. Eu não devia ter rido. Ficou óbvio, desde a primeira vez que você abriu a boca, que era um playboyzinho. Sinto muito. Eu não devia ter rido.

Agora ele estava enfurecido de verdade.

— Eu *não* sou um playboyzinho.

— Não... desculpe. Palavra errada.

— E eu trabalhei *sim* para ganhar o dinheiro para vir para cá. Acontece que os meus pais vão me mandar um complemento.

— Certo. Exatamente. Eu só estou tirando conclusões apressadas.

— E eu *não* sou um playboyzinho.

— Desculpe. Assunto delicado.

Ele estava tremendo de raiva.

— Gente como você.. essa gente... é o seu tipo de... de *obsessão* com classe que... que realmente... é tão juvenil... e tão inglês. Você é tão escrotamente *inglês* que me dá nojo. Você tem a mente limitada e é ridículo... e não sabe *nada* sobre mim. Então vê se larga do meu pé.

— Você tem razão. Vamos nos conhecer melhor, que tal? Tipo... onde você estudou?

— Aposto que você também estudou em escola particular.

— Talvez eu tenha estudado, mas nem por isso sou um playboyzinho.

— Eu *não* sou... porra nenhuma...

Se ele não fosse um maricas, teria batido em mim. Vi a ideia passar por sua mente. Em vez disso, ele respirou fundo algumas vezes, pegou o livro e entrou no hotel batendo os pés. À porta, ele se virou para trás e gritou para mim:

— Espero que você... espero que você... pegue malária.

Câmara de gravidade zero de sádico

Liz mostrou a Jeremy nossas passagens de ônibus para Simla. Com muita gentileza, ele observou que os assentos 52 e 53 seriam no fundo, e é básico saber que você deve garantir poltronas na parte da frente se não quiser ficar com a coluna moída por causa dos buracos na estrada. Ele também mencionou que as nossas passagens estavam marcadas como "VT de Luxo", e isso significava que o ônibus tinha vídeo e que nós ficaríamos ensurdecidos pelos musicais em hindi durante toda a viagem, que, completou ele com ar sombrio, duraria pelo menos 14 horas.

— Quanto tempo vocês ficaram na fila? — perguntou ele.

Nós dois franzimos a testa para ele.

— Duas horas — respondeu Liz.

— Deviam ter pedido para o hotel mandar um menino para vocês — disse Jeremy.

— Eles fazem mesmo isso? — perguntou Liz.

— Claro que sim... custa algumas rupias, mas economiza um dia inteiro. Ah, bom... vivendo e aprendendo.

Mais do que nunca, fiquei com vontade de arrancar as unhas dos pés de Jeremy.

Acontece que a coisa de ficar com a coluna moída não era apenas força de expressão.

As rodas de trás do ônibus iam até mais ou menos a metade do chassi, transformando assim as últimas 15 fileiras em um pivô que ampliava o menor dos solavancos na estrada, já absurda de tão irregular. O resultado é que a nossa viagem se deu em uma espécie de câmara de gravidade zero de sádico, em que você passava metade do tempo no ar e a outra metade tendo a bunda socada pelo assento.

Foi a primeira vez que passei algum tempo perto de um habitante local, e reparei que a história de que os indianos aceitam seu destino era verdade. O sujeito ao meu lado parecia nem reparar o quanto o ônibus era desconfortável. Ocasionalmente, se éramos lançados até o teto e depois recebíamos um golpe triplo que era suficiente para mandar nós cinco para o chão, ele me lançava um sorriso do tipo "você não acha engraçado?", mas fora isso ficava apenas olhando pela janela; parecia feliz por estar sendo simultaneamente paralisado e castrado.

A única vantagem de estar no fundo era ficar longe dos musicais em híndi que eram exibidos lá na frente. Durante a viagem, o mesmo filme passou quatro vezes, e embora eu só enxergasse a tela quando estava suspenso no ar, no final do trajeto já tinha assistido à maior parte do filme e até fui capaz de acompanhar a história.

Até onde consegui entender, era sobre um sujeito que queria se casar com uma mulher gostosa, mas os pais dele queriam que ele se casasse com uma mulher feia. Quando ele está prestes a se casar com a feia, descobre que a gostosa foi raptada por um homem feio que usa roupa de couro preta e faz careta para a câmera. O herói rapidamente monta em um cavalo, sai correndo atrás da gostosa sequestrada e acaba trocando socos com o feio no meio do deserto. Ele está prestes a salvar a gostosa quando se revela que a feia estava mancomunada com o feio, e ela de algum modo amarrou o pai a uma cadeira na areia e está jogando gasolina em cima dele. A feia pega uma caixinha de fósforo, e todo mundo faz uma pausa para cantar uma música. É bem nessa hora que cinquenta caras vestidos de preto saltam de trás de um arbusto — que não estava lá até eles saltarem de trás dele — e começam a atirar no herói, que se esconde atrás de uma caixinha de madeira. No final ele sai de lá com um lenço branco na mão, mas quando o feio vestido de preto se aproxima para se gabar (coisa que ele faz cantando), o herói o faz tropeçar, rouba a arma dele e atira nos cinquenta homens que saltaram de trás do arbusto que tinha surgido num passe de mágica.

O pai, cuja gasolina parece ter evaporado, liberta-se da cadeira e enfrenta um gordo numa luta cômica que parece não servir para nada. A gostosa chama a atenção do herói para o fato de que a feia está fugindo pelo meio do deserto bem quando o pai derrota o gordo enfiando um balde na cabeça dele. O herói, o pai e a gostosa então cantam uma música juntos, em que o pai parece dar sua bênção ao casamento. Enquanto isso, a feia agita o punho fechado no horizonte e diz algo que só pode ser uma promessa de vingança. Alguns segundos depois, bem quando ela está prestes a morrer de sede, depara-se com uma cabana solitária no topo de uma duna de areia. Ela bate na porta e é recebida por um homem que tenta seduzi-la (cantando). Ela não se impressiona nem um pouco com as investidas dele até reparar que, no canto da sala, há um minilaboratório que contém algo semelhante a uma bomba nuclear semiacabada. Juntos, eles elaboram um plano.

Depois disso, o enredo fica um pouco difícil demais de seguir. Até onde pude compreender, os gostosos se casam, os feios explodem e os gordos terminam com baldes enterrados na cabeça.

Ah, isso é o que eu chamo de entretenimento de qualidade.

O trajeto incluiu um monte de paradas em que todo mundo descia e tomava copos de chá mais doces do que Coca-Cola e só um tiquinho menos leitosos do que leite. No começo aquilo me deu ânsia de vômito, mas, à medida que a viagem progredia, fui começando a gostar da bebida. O segredo era evitar a ideia de que aquilo era chá. Desde que você se convencesse de que era um refrigerante quente, o gosto era OK. E fornecia energia açucarada suficiente para restaurar sua vontade de viver depois de várias horas apanhando na bunda.

Só tinha mais um ocidental no ônibus, e, apesar de ele ter um assento melhor, bem na frente, parecia muito infeliz. Cada vez que fazíamos uma parada, ele era o primeiro a descer do ônibus, correndo em disparada com um rolo de papel higiênico na mão.

Liz começou a conversar com ele em uma das paradas, mas quando notei que a camisa dele estava manchada de vômito, resolvi ficar longe. Ficamos sabendo que ele era belga e estava cagando sangue, e depois disso nós dois resolvemos evitá-lo.

Descobrimos que o almoço estava incluído no preço da passagem quando alguém jogou uma bandeja de papelão cheia de montes de curry não identificáveis no nosso colo. Esperei Liz experimentar cada montinho antes de me arriscar, mas, na verdade, só confiei na bolota amarela, que consegui identificar como lentilhas. No canto tinha uma coisa branca e firme, moldada em forma de tubo, com superfície lisa. O sujeito à minha esquerda viu quando eu cutuquei a coisa e disse:

— Crrd.

— O quê?

— Crrd.

— Não entendi.

— Crrd. — Ele comeu uma colherada. — Muito bom.

— Liz, o que é crrd?

— É essa coisa branca.

— Eu sei, mas o que é?

— Não sei.

— Você vai experimentar?

— Não vejo por que não.

Ela experimentou um bocado grande e mole.

— É bom, meio que parece com iogurte.

— Caramba... eu é que não vou encostar nisso.

— Faça como quiser.

Ela comeu o dela todo, jurando que era delicioso, mas eu só fiquei achando que ela estava louca. Afinal de contas, iogurte é basicamente leite, não é mesmo? É uma loucura se esforçar tanto para lutar contra todas as possibilidades e não comer nada infestado de doenças e depois enfiar na boca, de maneira deliberada, laticínios rançosos. De jeito nenhum.

O resto da viagem demorou o dobro do tempo que eu esperava, e se não fosse pelo fato de pessoas aleatórias aparecerem do nada para vender bananas e castanhas pelas janelas, eu teria morrido de fome.

Algumas desculpas estratégicas

Quando chegamos a Simla, eu tinha comido tanta banana que já estava cagando sem parar, apesar de só ter comido dois curries na viagem toda.

Liz achou hilário o fato de eu passar mal do estômago por ter evitado comer curry, e tomei isso como um sintoma do clima cada vez pior que parecia estar se instalando entre nós. Uma vez, no ônibus, tentei amenizar as coisas botando para fora a minha raiva por ela ter convidado Jeremy para viajar conosco, mas não deu certo. Ela simplesmente ficou toda nervosinha e começou a falar sem parar que nós não éramos donos do ônibus, que não éramos donos de Simla e que sempre era legal viajar com companhia. Não pude deixar de sentir que eu não contava mais como companhia, e isso também pareceu um mau sinal.

Simla era razoavelmente legal, e passamos alguns dias passeando por lá, admirando cada um dos pontos turísticos mencionados no Livro. Apesar de haver menos pedintes do que em Delhi e de sermos, de modo geral, abordados bem menos, eu ainda não tinha conseguido me livrar da sensação de me cagar de medo de tudo e de todos. Até as pessoas que não ficavam berrando para comprar ou vender coisas me assustavam. Só aquele ar de "você é rico e eu sou pobre" nos olhos delas fazia com que eu me sentisse deprimido e culpado.

O pior de tudo eram as crianças, que se aglomeravam ao redor da gente perguntando qual era o nosso nome, ou pedindo uma caneta, ou às vezes querendo dinheiro. Elas atacavam de surpresa o tempo todo, faziam emboscadas bem quando você menos esperava, berrando perguntas, agitando os dedinhos imundos na sua direção, esperando que você desse um aperto de mão. As crianças normalmente eram tão sujas que eu detestava ter que encostar nelas, e elas nunca iam embora sem que você lhes desse pelo menos alguns tapinhas de leve na cabeça.

Liz parecia gostar de ser acometida por uma multidão de porcos-espinhos de rua infestados de piolhos e vivia se agachando para conversar ou brincar com as crianças, enquanto eu me mantinha a uma distância segura. Pelo que pude deduzir, ela não fazia a menor ideia de como as doenças são transmitidas. Ou se achava uma Madre Teresa.

Meu espaço pessoal era invadido de maneira tão perpétua pelas crianças, pelos vendedores e pelas multidões em geral que percebi que ou eu abria mão da ideia de mantê-lo ou teria um ataque histérico. No momento, a segunda opção parecia a mais fácil, e toda manhã eu acordava levemente enjoado com a ideia de que só havia o café da manhã entre mim e o mundo exterior.

Eu me peguei encarando os outros estrangeiros, para ver se eles estavam mesmo se divertindo ou apenas fingiam. Dava para ver na cara de alguns que a viagem deles estava uma merda, mas quando eu avistava um grupo que parecia feliz, os observava com toda a atenção e ficava tentando escutar o que eles estavam falando, para ver se descobria de que modo podiam estar se divertindo.

Eu não conseguia entender como alguém podia gostar de estar na Índia. Como eles faziam isso? Qual era o problema deles? Ou será que eu simplesmente não tinha força de vontade suficiente ou era impressionável demais? Talvez eu estivesse certo de pensar que era covarde demais para encarar o Terceiro Mundo. Talvez eu devesse ter sido honesto comigo mesmo e gastado o dinheiro em um mês em Benidorm.

Resolvi tentar me animar com o envio de cartões-postais para casa:

Queridos mamãe e papai,
Chegamos sãos e salvos há alguns dias e já estamos nas montanhas. Como podem ver pela parte da frente, Simla é um lugar lindo, bem no alto das montanhas, com casas bizarras que parecem inglesas e até uma igreja! A pobreza é incrível em todo lugar, mas acho que estou começando a me acostumar. Estou hospedado na ACM, onde há uma mesa de sinuca de tamanho oficial com uma plaquinha de marfim do lado em homenagem ao major Thompson, que marcou 109 pontos aqui em 1902. Espero que esteja tudo bem

com amor,
Dave

Querido vovô,
Saudações da Índia! Faz muito calor aqui, mas eu estou me divertindo bastante. Não faz muito tempo que cheguei, mas já dá para ver como o país é fantástico. Pena que as estradas são péssimas. Espero que esteja tudo bem.

com amor,
Dave

Dava para ver que Liz estava sofrendo tanto quanto eu, mas nenhum de nós queria falar sobre o assunto, de modo que seguimos em frente com bravura, tentando aproveitar Simla. Depois de alguns dias, tínhamos visto todas as atrações principais e achamos que já estávamos suficientemente recuperados da viagem de ônibus anterior para embarcar em mais uma, dessa vez para a cidadezinha de Manali, ainda mais no alto das montanhas. Todo mundo que encontramos nos dizia que Manali era o melhor lugar para visitar — aparentemente, era uma espécie de Goa nas montanhas. Esse seria um lugar perfeito para relaxar e nos dar um pouco de espaço para respirar. Até então, tudo tinha sido caótico demais.

As montanhas no caminho até Manali eram espetaculares, mas a cidade em si pareceu sombria à primeira vista. Ainda assim, tínhamos a recomendação de Jeremy para um hotel calmo afastado da cidade, chamado Rainbow Lodge, e nos dirigimos para lá a pé, seguindo um mapa do guia impossível de se entender.

Durante a maior parte do caminho fomos abordados por emissários de vários hotéis, que tentavam nos arrastar em várias direções e se recusavam a nos levar para aquele que nós queríamos, dizendo que o Rainbow Lodge era caro demais e sujo e implorando para que fôssemos dar uma olhadinha no hotel deles. Eles eram tão insistentes que não tinha como não odiá-los, mas ao mesmo tempo pareciam tão pobres que você ficava cheio de culpa, e o hotel deles provavelmente não era nada pior do que o Rainbow Lodge, e não seria difícil, de jeito nenhum, desviar cinco minutos do caminho para pelo menos dar uma olhada. Mesmo assim, se a gente cedesse a todas as pressões, ficaria louco. É preciso ter firmeza e fazer o que você quer. Se mostrar qualquer tipo de fraqueza ou compreensão, eles fodem com você.

Quando encontramos o hotel, já estávamos nos sentindo estressados e exaustos. Apesar de tudo, pelo menos tínhamos visto a cidade, e isso significava que tínhamos feito a parte turística antes de tudo, e agora podíamos nos acomodar para fumar um pouco de verdade. De todo modo, aquele era *o melhor* hotel em Manali para encontrar drogas, e, depois de pegar um quarto, nos instalamos na varanda animadíssimos. Em segundos, um baseado já tinha caído em nossas mãos.

Inalei a fumaça bem para o fundo dos meus pulmões e segurei a respiração, expirando bem devagar pelo nariz no último momento possível. Depois de algumas tragadas, senti minha ansiedade começar a se dispersar.

Agora tudo parecia melhor. Um lugar calmo, rodeado por campos, com montanhas para se admirar e drogas para fumar. *Isso* fazia sentido. Pelo menos tínhamos encontrado um lugar para relaxar e nos concentrar em aproveitar. Ao passar um baseado entre nós, pela primeira vez desde que tínhamos chegado, Liz e eu trocamos sorrisos.

Eu não queria ficar dando pega nas drogas dos outros, então perguntei para o sujeito ao meu lado onde eu podia comprar um pouco.

— É — respondeu ele. — É isso aí. Então ele assentiu com a cabeça, com ar de sabedoria. Alguns segundos depois, percebeu que ainda não tinha respondido à minha pergunta e apontou com a cabeça na direção do balcão da recepção. — Você tem que falar com o Ronnie — disse, então deu um tapa afetuoso no meu ombro e caiu da cadeira.

Na recepção, perguntei se Ronnie estava disponível. O recepcionista colocou a mão embaixo do balcão e tirou de lá uma lancheira grande que tinha o nome Ronnie e uma carinha feliz desenhada por cima, em tinha amarela respingada.

Ele abriu a caixa e me passou um pacotinho de maconha enrolada em filme plástico.

— Cento e cinquenta rupias — disse ele, e eu paguei.

Que coisa fantástica! Um pacote de maconha de verdade, que valia umas 50 libras na Inglaterra, tinha me custado menos de 5. A Índia, de repente, parecia o país mais civilizado do mundo.

Fui até a minha mochila e peguei algumas sedas Rizzla. (O Livro diz que não tem como conseguir Rizzla na Índia, por isso levamos um pacote industrial tamanho família.) Voltei para o lado de Liz na varanda e apertei um.

Agora nós estávamos trocando sorrisos de verdade. Eu me dei conta, pela primeira vez desde que tinha deixado a Inglaterra, de que era possuidor de um pênis. Senti o início de uma libido renovada e resolvi dar início a algumas desculpas estratégicas.

— Liz... quero pedir desculpa, viu?

— Desculpa de quê?

— Só... de tudo.

Ela sorriu para mim.

— Eu ando... sabe como é... me comportando igual a um idiota. É só que tudo me deixou meio apavorado — falei.

— Tudo bem.

— Agora que nós estamos aqui, acho que as coisas podem se acalmar um pouco.

— Espero que sim.

— Vamos tentar nos entender, certo?

— Tudo bem.

— Nós dois — falei para dar ênfase. Na verdade, eu só tinha pedido desculpa para ver se *ela* pedia desculpa. Afinal de contas, era ela que estava se comportando feito uma idiota, não eu.

— Tudo bem. Então nós dois vamos tentar ser um pouco mais legais um com o outro.

Para mim, isso não se qualificava exatamente como um pedido de desculpa, mas pelo menos foi dito com um sorriso genuíno, de modo que, depois de uma breve consulta ao meu pau, que não parava de aumentar, resolvi aceitar aquilo como uma oferta de paz.

Estendi a mão e retribuí o sorriso.

— Ficou tudo no passado? — perguntei.

— Ficou tudo no passado.

Ela pegou minha mão.

— Agora nós não podemos fugir um do outro, então o melhor é nos esforçarmos — falei e apertei de leve a mão dela.

— Acho que podemos nos entender — disse ela, retribuindo o apertão.

O baseado passou entre nós algumas vezes, e nossas mãos permaneceram entrelaçadas. As veias da minha virilha na seca começaram a cantar hinos de celebração ao sangue.

Enquanto ela inspirava à pontinha do baseado, estiquei o braço e acariciei as costas da mão dela. Ficamos assim um bom tempo, apreciando em silêncio amigável a paisagem deslumbrante da cordilheira do Himalaia: sopés de vegetação exuberante com as curvas delineadas por plantações de arroz seguidas por picos nevados enormes no topo. Eu nunca tinha visto nada tão impressionante.

Sim, eu finalmente me sentia contente de estar na Índia. Dava para sentir o nó de tensão no meu estômago começar a afrouxar. No final das contas, Paul e James tinham razão a respeito de viajar. Esta era uma experiência fantástica. E a droga realmente era barata.

— Será que eu aperto mais um?

— Por que não?

Ela piscou para mim bem devagar.

— Que tal a gente fumar no quarto?

— Tudo bem.

Ainda de mãos dadas, entramos arrastando os pés.

Ela se sentou na cama enquanto eu trancava a porta e fechava as cortinas. Deslizei para a cama ao lado dela e ficamos nos encarando com meios sorrisos brincando em nossos lábios.

— A gente não pode ficar aqui sentado o dia inteiro sem fazer nada — falei. — Tenho trabalho a fazer.

Ela ergueu uma sobrancelha para mim, e a minha resposta foi pegar algumas sedas Rizzla. Eu lambi a pontinha e comecei a apertar enquanto Liz se apoiava na cabeceira da cama. Com o baseado pronto, sentei-me ao seu lado, coloquei na mão dela e lhe ofereci o isqueiro.

— Será que a madame se importaria de começar?

Ela sorriu e colocou o baseado no canto da boca com um gesto preguiçoso. Acendi para ela e me deleitei com a maneira como os olhos dela se fechavam quando ela inspirava. Em um silêncio rompido apenas pelo estalar da brasa da erva, íamos passando o baseado de um para o outro. Eu sentia o mundo externo gradualmente se encolhendo até se transformar em nada enquanto eu me concentrava no rosto e nos dedos dela e observava a fumaça espiralando através de seus lábios.

Quando a pontinha queimou meus dedos, joguei no chão, coloquei o braço ao redor do pescoço de Liz e dei um longo beijo em sua boca. Dava para sentir cada ruguinha dos lábios, cada movimento da língua. A diferença entre a dureza de seus dentes e a maciez de seus lábios me pareceu um milagre da evolução. Por um instante, nosso beijo se transformou no universo inteiro.

Aí ela já estava tirando a minha blusa e eu estava tirando a blusa dela, quando nos ocorreu que não iríamos muito longe daquele jeito, então pulamos para fora da cama, tiramos toda a roupa e voltamos.

Por entre uma névoa de tesão crescente, reparei que ela ainda estava de calcinha.

Enquanto nos afundávamos em mais beijos, comecei a tentar, com discrição, tirar sua calcinha sem que ela percebesse. Em resposta, o que antes era um "Mmmm" começou a se transformar em "Nnnn". Eu precisava me apressar antes que o "ão" fosse proferido. Minha tentativa de puxar a peça por cima da bunda provocou um som de costura rasgada e quebrou o encanto.

— Não — disse ela. — Nada de sexo.

— Por quê?

Ela me beijou com ainda mais paixão do que antes.

— Nada de sexo — disse em uma pausa para enxugar a saliva do queixo.

— Por quê? — perguntei na pausa seguinte para respirar.

A resposta dela foi me virar de costas e sumir embaixo do lençol.

— Eu amo James — disse, e então me fez ficar quieto enfiando meu pau na boca.

Durante o resto da semana, mal saímos do Rainbow Lodge e passamos nossos dias fumando, comendo, conversando, saindo de vez em quando para uma caminhada e fazendo quase-sexo.

Pela primeira vez eu estava de fato gostando da Índia. O clima com Liz estava se acertando, e todos os problemas da viagem pareciam muito menos intensos e menos desmoralizantes agora que tínhamos encontrado um pequeno enclave calmo onde podíamos passar nossos dias.

Eu também perdi minha aversão ao iogurte indiano quando fui apresentado ao Bhang Lassi, que é uma bebida feita de leite, iogurte e haxixe. A coisa mais maravilhosa é que dava para pedir um para os funcionários do hotel, coisa bem prática quando você se sentia chapado demais para apertar mais um baseado. Na verdade, o sabor não era bom, mas passei a gostar de Bhang Lassi mesmo assim, já que a melhor maneira de se livrar do tédio de fumar droga sem parar é beber droga.

Havia montes de outros estrangeiros no hotel, e como todo mundo compartilhava baseados, o lugar era extremamente sociável. Acabávamos conversando com um monte de gente diferente, e a maior parte das nossas noites se passava com jogos de cartas agradáveis, em um estado de semicoma, dominados pela circulação de baseados e trocas de ideias sobre viajar. Eu me ligava mais nas cartas e nas drogas, ao passo que Liz assumia todo o lado filosófico com entusiasmo deprimente.

Parecia que ninguém jamais se cansava de falar da Íííííndia. Eu não entendia o que havia para ser teorizado nem como alguém era capaz de se dispor a *explicar* um país, mas parecia que todo mundo tinha uma teoria. Liz, como era previsível, absorvia aquilo tudo com avidez, e dava para ver que meu ceticismo a respeito de tudo estava começando a irritá-la.

Um cara chamado Jonah estava viajando praticamente sem parar havia 17 anos. Ele afirmava que não calçava um sapato havia quase uma década e ficava balbuciando de um jeito meio indefinido sobre como era inumano perder o contato com o solo. Ele também disse que sempre que encontrava um pedinte, em vez de lhe dar dinheiro, lhe dava um abraço.

Ele era capaz de passar horas a fio contando histórias a respeito de doenças, roubos, drogas e pés podres. Mas essas histórias só serviam de introdução para ajudá-lo a atrair uma multidão. E só quando ele reunia uma plateia adequada é que embarcava em seu tema preferido: a Teoria Unificadora da Índia.

— A Índia — diz Jonah — é ao mesmo tempo o país mais lindo e mais pavoroso que existe... e os indianos são ao mesmo tempo as pessoas mais calorosas e mais brutais da Terra.

Apesar de Jonah mal ter começado a esquentar, Belle, uma hippie americana usando vestes militares, se intromete:

— A Índia — diz — é um país lindo. Mas vamos admitir, pessoal: o povo estraga tudo. São todos obcecados por dinheiro aqui, sempre querem tirar alguma coisa de você. Só conseguem pensar em vender e comprar.

— Você está sendo superficial, cara — diz Ing, um escandinavo que tem o físico de uma vítima da fome, mas que parece passar o tempo todo comendo (de acordo com Liz, ele tem vermes). — O comércio é simplesmente uma folha moderna de plástico fino que foi usada para embalar o tapete rico da história da Índia. Quer dizer, este país foi invadido muitas vezes, mas sempre sobreviveu com sua própria cultura, que nunca se abalou. O capitalismo é apenas o invasor de hoje, e quando for derrotado, como aconteceu com todos os outros invasores, as mesmas pessoas espirituais que sempre viveram aqui vão permanecer.

— Tudo é muito barato — diz Brian, de Nottingham, na Inglaterra. — Dá para comprar coisas baratas aqui.

— Mas... qual é mesmo o seu nome? — gagueja Belle.

— Ing.

— Ing?

— Ing.

— Mas, Ing... O capitalismo não vai desaparecer como todos os outros invasores. Desta vez, a Índia perdeu a batalha. Seu caráter está desaparecendo. Só um tolo pode dizer que a Índia continua sendo um país espiritualizado.

— Na Inglaterra — diz Brian —, uma banana custa até 20 centavos, mas aqui a gente consegue um cacho com dez a 15 bananas pela quantia mínima de 30 centavos. É uma economia e tanto.

— Não vamos nos esquecer — diz Burl (namorado de Belle) — de que a Índia nunca se recuperou da colonização britânica. Vai demorar mais duas ou três gerações até que os indianos realmente possam voltar a se respeitar. A essa altura, talvez já seja tarde demais.

— Eu adoro este lugar — diz Jonah —, mas odeio este lugar. — Ele meneia a cabeça num gesto de sabedoria

— Eu odeio este lugar — diz Ing. — Mas adoro este lugar. — Ele meneia a cabeça num gesto ainda mais sábio do que o de Jonah, que fica meio desenxabido e tenta demonstrar ainda mais sabedoria em seu gesto de menear a cabeça. Não funciona, porque o fato de ele estar desenxabido fica óbvio, de modo que Jonah se retira da batalha de meneios e aperta mais um baseado.

A esta altura, Xavier embarca em sua própria teoria, com sotaque carregadíssimo:

— A Índia, assim como mutchos país grrandãos, é isshmagada por seu prróprio peso. Qui nein uma baleia na praias, o tamanho da própria populazão dela mesma é o rivórvi du matador prru seu suicídio involuntário.

Todo mundo olha para ele sem entender nada.

— *J'aime l'Inde. Mais je la deteste* — diz ele de maneira enfática.

Todo mundo assente com a cabeça, com ar de sabedoria, tentando mostrar que entende francês

— É fascinante, não é mesmo — sussurra Liz no meu ouvido, o rosto aceso de tanto estímulo.

— Se quer saber a minha opinião, é tudo besteira.

— Como você pode dizer uma coisa dessas?

— É fácil. É tudo besteira.

— Mas... todas estas teorias... Estas são pessoas que viajaram o mundo todo e que estão dispostas a compartilhar suas experiências conosco. Você se dá conta de quanta sorte nós temos?

— Nós temos sorte de não ser como eles, isso sim.

Ela coloca a mão na minha bochecha e fica olhando bem no fundo dos meus olhos.

— Por favor, Dave. Por mim... só por mim... será que você pode tentar deixar para trás todo o seu ceticismo ocidental? Por favor. Esta é a nossa chance de expandir a mente. Precisamos aproveitar.

Retribuo o olhar dela. Ela tem aquela expressão de sinceridade desesperada típica das pessoas que estão precisando ser sedadas. Incapaz de pensar em uma maneira de me desvencilhar disso, chego à conclusão de que a única atitude cortês possível é mentir.

— Certo. Sinto muito. Vou tentar.

— Promete?

— Vou tentar agir de maneira mais oriental em relação às coisas.

Felizmente, ela não repara que estou sendo sarcástico.

A verdadeira Índia

Depois de uma semana em Manali, aconteceu um desastre. Jeremy apareceu.

— Achei mesmo que ia encontrar vocês aqui — disse ele ao surgir na entrada do hotel.

— J! — Liz soltou um berro estridente, pulou da cadeira e foi correndo dar um beijo nele.

— Oi, Dave — disse ele, aparentemente alheio ao fato de que nós supostamente nos detestávamos.

— Hum.

— Estou vendo que vocês estão aproveitando o veneno local.

— Não. Estou fumando um baseado.

— J! Você tinha toda razão a respeito deste hotel. É demais — derreteu-se Liz.

— Este hotel *é* Manali, simples assim — respondeu ele. — Então, cadê a maconha?

Sem nem pedir, Liz tirou o baseado da minha mão e o entregou para Jeremy. Ele o colocou entre dois dedos, logo abaixo dos nós, fechou a mão em um punho e tragou a fumaça a partir do polegar.

Antes que eu me desse conta, ele já estava ensinando Liz a fazer a mesma coisa.

— Você vai reparar que o pessoal daqui costuma fumar assim — dizia.

Dois dias depois, Jeremy tentou organizar um passeio de um dia. Ele disse para todo mundo no hotel que havia uma caverna sagrada habitada por Sadhus perto da montanha, e que as pessoas que desejassem ir até lá deveriam se encontrar na varanda bem cedo na manhã seguinte.

No começo fui contra a ideia, só porque ela partiu de Jeremy. Mas já fazia tanto tempo que eu não fazia nenhuma atividade que a perspectiva de uma longa caminhada parecia bem convidativa. Além do mais, se eu quisesse continuar agradando Liz, era importante mostrar um pouco de entusiasmo por algo que fosse vagamente oriental. Se quer saber a minha opinião, uma caverna é uma caverna, mas como aquela supostamente era sagrada, satisfazia as credenciais de expansão da mente de Liz, de modo que participar do passeio me renderia alguns pontos. Resolvi ir com eles.

Às 10 horas, uma turma razoável já tinha se reunido: Burl, Belle, Ing e Jonah estavam lá, junto com um sujeito chamado Ranj, que era, é claro, indiano.

Pouco depois de partirmos, vi Liz (que estava à frente do grupo com Jeremy) dar um abraço em um pedinte. O pedinte pareceu adequadamente enojado com o comportamento dela, de modo que tentei compensar dando algumas rupias a ele. Apesar de eu não conseguir ver a expressão no rosto de Liz, fiquei com a impressão de que ela começou a caminhar de maneira totalmente diferente depois do abraço. Agora, a linguagem corporal dela dizia: "Ei, pessoal, olhe para mim... sou tão serena, caramba, que até dói."

Mais ou menos 1 quilômetro depois do início do trajeto, Jonah revelou que conhecia um atalho. Isso acabou com toda a empáfia de Jeremy, coisa que me deixou com um humor excelente, e deixou Liz na ponta de trás do grupo, encarregada de consolá-lo. Acabei conversando com Ranj durante a maior parte da caminhada.

Acontece que Ranj era de Putney, na Inglaterra. Em vez de usar toda a vestimenta típica de turista (que a essa altura até eu tinha comprado), ele estava de jeans Levi's e camiseta justa bem lavadinha, que mostrava seus músculos rijos. Ele também era a primeira pessoa com um corte de cabelo decente que eu tinha visto desde que chegara a Manali.

Ele me disse que tinha sido arrastado até lá pelos pais, para conhecer a família, mas que a coisa tinha ficado pesada demais para ele, então fugira para as montanhas. Disse que sua família era muito rica e que tinha contatos em todos os lugares procurando por ele, de modo que eu não devia dizer a ninguém que o tinha visto.

— Tudo bem — respondi.

— Juro que vão me encontrar. Onde eu estiver, vão me encontrar e me arrastar de volta.

— Tem certeza de que você não está um pouco paranoico? Quer dizer, este país é grande.

— Você não sabe como as coisas funcionam aqui. Minha família tem dedo em tudo. Basta eu dizer meu nome que qualquer desconhecido já vai saber a que família pertenço, e eles vão receber notícias de onde estou. Juro por Deus. E vou estar na maior merda quando eles me encontrarem.

— Por quê?

— Porque eu fugi, porra!

— Mas você não podia simplesmente dizer que queria dar uma de mochileiro?

— Dar uma de mochileiro! E você acha que eles iam me deixar virar um mochileiro?! Viajar por aí como um desclassificado qualquer, com roupas sujas nas costas, dormindo em hotéis infestados de insetos com hippies fedorentos. Nem em 1 milhão de anos eles iriam me deixar viajar assim. E ainda sozinho! Jesus Cristo! Iam achar que eu estava louco.

— Achei que todo mundo fizesse isso.

— É, quer dizer, muita gente da minha cidade fez. Mas não eu. Eu não tenho permissão para isso.

— Por que não?

— Porque sou indiano. E não é assim que um indiano de respeito se comporta.

— Viajar é respeitável.

— Bah! Turistas são a escória do mundo.

— Mas nós somos ricos. Somos ocidentais.

— E daí?

— E daí que nós temos dinheiro para comprar coisas caras.

— E...?

— E daí que as pessoas agem como se nos respeitassem.

— Exatamente. Elas *agem como* se respeitassem vocês. Mas não respeitam. Acham que são sujos e mão de vaca, mas ficam puxando seu saco porque querem seu dinheiro. Lembre-se disso.

Nenhum indiano neste país jamais vai ser seu amigo. Qualquer coisa que eles disserem é mentira... só querem o seu dinheiro.

— Você não pode dizer isso. É racismo.

— Claro que é racismo. Odeio os indianos, cara. Eles são uns bárbaros da porra. Só se interessam por dinheiro, dinheiro, dinheiro. Fui encurralado por 10 mil primos todos os dias durante o último mês inteiro, e eles só querem falar de som e carro e uísque e preço de imóveis, e, porra, isso me deixou maluco, cara. Foi por isso que precisei cair fora. Não estou interessado nessa merda toda. Não estou interessado na empresa do meu pai e estou cagando se as roupas vagabundas que ele produz se desintegram dez segundos depois que saem da linha de produção. É tudo uma porcaria. Um monte de porcaria materialista.

— Mas achei que a Índia devia ser um país espiritualizado e tudo mais.

— Foi por isso que saí para viajar. Quero encontrar a Índia de verdade. Estou procurando, mais ou menos, minha pátria espiritual.

— Tipo Manali.

— Exatamente.

— E o Rainbow Lodge.

— Exatamente. É isso, cara, cavernas sagradas e toda essa merda. Esse é o lance.

— Você tem razão — respondi. — Isso é fantástico.

Caminhamos durante um tempo em silêncio aprazível, admirando a vista.

— É engraçado — falei.

— O quê?

— A gente sabe que Manali simplesmente parece certa.

— É.

— A gente passa por tantas ruas, e tanta gente só pedindo dinheiro, e aí você chega aqui e, tipo, sabe no mesmo instante que encontrou a Índia de verdade e tudo o mais.

— É.

— Quer dizer, é estranho, porque durante todo o tempo que estive aqui você é o primeiro indiano com quem converso.

— E daí?

— Sei lá... parece que as melhores partes... as partes que se parecem mais com a Índia... são os lugares em que você não tem que falar com nenhum indiano.

— Porra, você tem toda a razão, cara. Cara, você tem toda a razão.

Acabei tentando explicar essa teoria a Liz à noite, e ela quase me queimou na fogueira como herege. Eu nunca a tinha visto tão brava. Naquele momento, Jeremy era o favorito ao trono, e eu era um anão com incontinência.

Talvez os lugares fossem as partes babacas

Ranj era a primeira pessoa que havia conhecido desde que chegara à Índia de quem eu realmente tinha gostado. Nós nos demos bem desde o início e, enquanto Liz vagava pela Terra da Besteira com Jeremy, comecei a passar a maior parte do tempo com Ranj. Eu nunca havia tido nenhum amigo do sul de Londres, na verdade, e foi interessante, porque as pessoas de lá realmente têm uma perspectiva diferente sobre a vida.

Depois de mais ou menos uns 15 dias, até Manali começou a ficar um tédio, e de algum modo ficou decidido que Liz, Jeremy, Ranj e eu viajaríamos para Dharamsala juntos. Parecia que era lá que o Dalai Lama e uma tonelada de monges tibetanos ficavam, então o lugar devia ser legal. Se você tivesse sorte, podia até avistar Richard Gere.

Manali tinha se tornado uma espécie de cobertorzinho de segurança, e a ideia de deixar a cidade para trás fez com que todos os meus temores voltassem à tona. Mas eu achava que viajar em um grupo grande poderia ser uma forma de proteção, e tendo em vista que nós precisaríamos sair dali em algum momento, esta parecia a melhor maneira de fazê-lo. Além do mais, diziam que Dharamsala era um lugar bem parecido com Manali, de modo que a viagem representaria um retorno gradual aos rigores da estrada propriamente ditos.

No final, nenhum de nós gostou muito de Dharamsala, principalmente porque comemos alguma coisa que não fez bem na primeira noite e todos passamos mal. Passei a maior parte da noite cagando e Jeremy acabou vomitando para fora da janela. Eu sabia que tinha uma sido um erro pedir paella, mas o restaurante Woodstock tinha uma aparência razoavelmente higiênica, e simplesmente nos pareceu uma mudança divertida na hora.

Jeremy também ficou reclamando que o lugar tinha ficado mais comercial em relação à última vez que ele tinha estado lá e que os tibetanos estavam aproveitando para lucrar com um lugar que originalmente era dedicado à reflexão espiritual. Na verdade, ele estava reclamando porque sua bolsa bordada, que um dia fora exclusiva, agora estava exposta na frente de todas as lojas da rua comercial.

Só para irritá-lo comprei uma.

Resolvemos descansar alguns dias e então deixar as montanhas e ir para o Rajastão.

Para chegar lá, tivemos que tomar um ônibus de volta a Delhi, seguido por um trem para o oeste, até Jaipur. A coisa toda demorou séculos e, de modo geral, foi calorenta, fedida, suja e desconfortável. Além do mais, ainda no início da viagem, Ranj começou a se dar bem com Jeremy, o que me deixou puto da vida.

Cada vez que o trem ou o ônibus parava, em vez de ficarem irritados porque tudo demorava muito, Ranj e Jeremy simplesmente saíam, davam uma volta e ficavam conversando com qualquer pessoa que estivesse por ali, compravam qualquer comida ou chá que estivesse disponível e consumiam o máximo possível antes que o trem ou o ônibus estragasse a diversão deles por retomar seu caminho. Assim que comecei a copiar a técnica, passei a me divertir.

O segredo era pensar na viagem de uma maneira completamente nova. Se você encarasse a coisa como maneira de ir de A até B, estava malparado. Acabava comendo os dedos dos próprios pés de tanta frustração. Era necessário pensar no trajeto como um estado de espírito. Aquela era uma atividade com vida própria: um ritual social que girava em torno da alimentação e da conversa, atividades brevemente interrompidas por pausas para deslocamento. Basicamente, cada viagem era uma pequena festa.

Pela primeira vez, acabei conversando com indianos e, apesar de nenhum deles falar inglês minimamente bem para dizer alguma coisa interessante, na maior parte do tempo eles eram surpreendentemente simpáticos e acabavam pagando o meu chá. Eu nem queria que eles pagassem, mas quase sempre insistiam. Essa experiência me deixou bem confuso, já que até então eu estava trabalhando com a teoria de que "nunca se deve confiar em um indiano porque eles são um monte de criminosos que acreditam ter o direito moral de tirar vantagem de nós porque somos ricos demais da conta e ainda temos o sangue do império nas mãos; então, mesmo que eles estejam sendo simpáticos, cuidado, porque querem alguma coisa". Uma xícara de chá só custava uns 2 centavos, mas eu não conseguia ver o que eles obtinham de retorno por pagar para mim. Não era o caso de todos eles desejarem que eu patrocinasse um pedido de visto para eles. A menos que aquilo fosse parte de um plano de ficar meu amigo para tirar algum proveito não especificado no futuro. Seja lá qual fosse a razão, era legal ser tratado de maneira tão hospitaleira.

Em todos os lugares, multidões de indianos queriam que eu fosse à loja, ao restaurante, ao hotel ou ao riquixá deles (as únicas pessoas que falavam comigo queriam o meu dinheiro), mas no trem eu estava em uma zona livre de incômodos. Ou as pessoas me deixavam em paz ou conversavam comigo porque, aparentemente, só estavam com vontade de conversar. Depois de várias pessoas pagarem um chá para mim e desaparecerem em seguida sem sequer pedir meu endereço, comecei a desconfiar de que aquilo de fato poderia ser simpatia genuína. Era tudo muito estranho.

Eu tinha partido do princípio de que a viagem era a parte chata que precisávamos tolerar para chegarmos aos lugares que queríamos visitar, mas me ocorreu que talvez os lugares fossem as partes babacas que tínhamos de aguentar para poder viajar.

A coisa toda estava ficando interessante. Dava para sentir que o meu "Nnnn" estava se transformando em "Mmmm".

Jeremy conhecia um hotel fantáááááástico, de modo que assim que chegamos a Jaipur, ele insistiu para que fôssemos todos dar uma olhada. Acontece que era bem legal mesmo, então largamos as malas, tomamos banho e passamos o dia inteiro lá sem fazer nada.

Liz e eu ficamos sozinhos no nosso quarto, meio largados, quando lhe perguntei se ela estava a fim de Jeremy.

— Não seja idiota.

— Não é idiotice.

— Claro que não estou a fim dele! Ele tem barba.

— Jura?

— Mas também, e se eu estivesse?

— E se você estivesse o quê?

— E se eu estivesse a fim dele?

— Não sei...

— Você não tem direito de impedir que eu esteja a fim dos outros, sabe?

— Eu só achei que com você e eu...

— Eu e você o quê?

— Sabe como é... agora que nós...

— Agora que nós o quê?

— Sabe como é. Agora que estamos tendo uma... um tipo de relação sexual.

— Nós *não* estamos tendo relação sexual nenhuma, Dave.

— Não estamos?

— Claro que não. Olhe... vamos ter que parar de fazer qualquer coisa, agora. Simplesmente não consigo fazer você entender, não é mesmo?

— Mas... nós fizemos...

— Eu já disse mil vezes que amo o James. Quantas vezes eu vou precisar repetir isso para a mensagem entrar nessa sua cabeça dura? Não vai rolar.

— Mas já está rolando.

— O que nós andamos fazendo não significa nada. Achei que isso estivesse claro. Você mesmo disse: somos apenas amigos, e isto aqui é só um pouco de diversão. Mas você vive pensando nessas fantasias insanas de que estamos apaixonados ou algo assim. Quer dizer, isso precisa parar. Tipo agora. É óbvio que você não consegue lidar com a situação.

— Eu não disse que estávamos apaixonados. Eu não estou apaixonado. Só achei que...

— Olhe, para começo de conversa, a ideia foi sua, e parecia que você estava pensando que ia funcionar, e eu disse que não ia, e agora simplesmente não está funcionando.

— Está, sim. Eu só perguntei se você estava a fim de Jeremy. Esqueça. Esqueça que falei qualquer coisa. Vamos voltar a ser como antes.

— Mas esse é exatamente o ponto. Esta é a ponta do iceberg. Não vou permitir que você ache que é dono do meu corpo.

— Não acho que sou dono do seu corpo, pelo amor de Deus.

— Essa é a implicação do que você disse, e está claro, pela maneira como está lidando com isso, que você sente ter algum tipo de direito de posse sobre mim.

— Do que você está falando?

— Olhe... sou uma pessoa livre e estou dizendo que, a partir de agora, somos apenas amigos.

— Ah, vá se foder.

— Não diga isto para mim.

— Nós *não* somos apenas amigos.

— Somos.

— Não podemos ser — gritei. — Porque, para começo de conversa, eu nem gosto de você. Porra! Não sei como eu.... Você é impossível! Você é... Você é... Eu simplesmente não consigo... Quer dizer... Nem sei por onde começar. Sua louca. Tudo o que você fala é um monte de... Você só fala... Eu simplesmente não sei o que posso dizer se tudo é só... Quer dizer, é tudo um monte de... de... PUTA QUE PARIU!

De repente eu estava sozinho no quarto, na cama, meio que, quase, chorando.

Saí uma hora mais tarde e encontrei Jeremy paquerando Liz e entretendo três sujeitos que tinham estudado na mesma escola que ele. Estavam todos falando a respeito de como Jeremy tinha sido capitão do dormitório deles três anos antes. E esses não tinham barba. Todos se pareciam com Rupert Everett. Pode me chamar de paranoico, mas dava para ver pelo rosto corado de Liz que ela estava excitada.

Aquela noite foi inevitavelmente tomada por uma reunião de velhos amigos de escola liderada por Jeremy, com Liz como anfitriã e eu como estraga-prazeres. Ranj foi esperto o bastante para sair sozinho.

Durante quase 15 minutos, eles não pararam de falar sobre como tinha sido coincidência todos se esbarrarem ali, até que não aguentei mais o tédio daquilo.

— Olhem... Não é coincidência. Este país inteiro poderia muito bem ser a extensão da sala do grêmio do ensino médio para pessoas como vocês, e vocês todos se hospedam nos mesmos hotéis, pelo amor de Deus, então por que não calam a boca e param de falar em coincidências e começam a discutir logo as teorias idiotas que vocês elaboram a respeito da Índia?

— Calma aí — disse Rupert 1. — Não tem motivo para isso.

— Eu não me importo com o que você diz — falou Rupert 2. — Acho que é uma coincidência enorme. Afinal, quantas pessoas existem neste país? Milhões, caralho. E nós somos só quatro. Esta é uma puta coincidência.

— Mas vocês todos vão aos mesmos lugares e fazem as mesmas coisas, não é mesmo? E também não vai ser coincidência quando todos vocês se encontrarem na Câmara dos Lordes daqui a quarenta anos.

— Ah, então suponho que é uma conspiração, é isso? — disse Rupert 3.

— Podem ignorar o senhor Baixo-Astral Ambulante aí — disse Jeremy. — Ele acha que pertence à classe operária, apesar de ter estudado em escola particular. Ele é um decadente social.

— Eu *não* estudei em escola particular. Estudei em uma Escola Independente, com bolsa.

— Bolsa? Então agora está fazendo o papel de filha de operário de mina de carvão, é isso?

Eu não estava em clima de discussão. Abaixei a cabeça e me concentrei em minha comida, que fiquei remexendo com o garfo. Estava sem apetite, mas não queria que Liz percebesse como eu me sentia mal, então comi um pouquinho.

— Ele tem certa razão, sabem — disse Rupert 4. — Sobre a coincidência.

A mesa ficou em silêncio mais uma vez. Jeremy, Liz e Ruperts 1 a 3 olharam feio para ele.

Rupert 4 ficou todo vermelho.

— Desculpe — disse, depois continuou a comer.

— Adivinhe de onde estamos vindo? — perguntou Rupert 1 a Jeremy.

— De Pushkar.

— Caralho — disse Rupert 2. — Como você sabia?

— Dei um chute com base na minha experiência.

— Estão vendo? — falei.

— Onde vocês se hospedaram? — perguntou Jeremy.

— Na Krishna Guest House, foi isso, não foi? — disse Rupert 1.

— Então, vocês não encontraram o Peacock Holiday Resort?

— Não — respondeu Rupert 4, ainda com ar meio incomodado. — Esse é o melhor lugar para ficar lá?

— É maravilhoso. E tem um jardim charmosíssimo. O único problema é que a gente acorda com o barulho dos pavões de manhã.

Liz engoliu em seco com a antecipação do prazer.

— Ai, meu Deus. Parece fantástico. Podemos ir lá? — Ela ficou perdida por um instante, ao perceber que tinha feito a pergunta para a pessoa errada, então se voltou para mim e sorriu, dando um banho de boa vontade falsa em mim. — Que tal irmos para lá?

Dei de ombros como quem diz que sim.

— É barato? — perguntou Liz, voltando-se mais uma vez para Jeremy.

— O que você acha? Alguma vez levei você a um lugar caro?

— Não — respondeu Liz.

— O lugar é uma pechincha. Simples assim. E não fale sobre ele para muita gente, ou o preço sobe.

— Pavões! Para acordar a gente de manhã! Meu Deus... mal posso esperar.

— Ainda não visitamos Jaipur — falei.

— Não precisamos passar muito tempo aqui — disse Liz. — É um lugar turístico demais.

— Do que você está falando? Ainda nem saiu do hotel.

— Eu sei, mas está em todas as excursões de ônibus. Turistas gordos, ricos e de meia-idade vêm até aqui a bordo de ônibus com ar-condicionado para conhecer Delhi, Jaipur e Agra. Todo mundo sabe disso.

— O triângulo de prata — disse Rupert 4.

— Triângulo de ouro, meu velho — corrigiu Rupert 3.

— Desculpe — disse Rupert 4.

— Ela tem razão — falou Jeremy. — Jaipur tem seu charme, mas realmente ficou estragada por causa dessa gente com... com... *férias de duas semanas*... que vem para cá e realmente não tem o menor interesse no país. Só querem ver alguns palácios, comprar alguns tapetes baratos e depois voltar para casa felizes, achando que aprenderam alguma coisa sobre a Ásia. Eu, pessoalmente, não aguento nem olhar para essa gente. Eles acabam com todos os cartões-postais turísticos para os viajantes de verdade.

— P-p-por que você diz uma coisa dessas? — perguntou Rupert 4, com o tom mais combativo que conseguiu colocar na voz.

— Porque são pessoas ricas demais — respondeu Jeremy. — O ônibus delas é uma espécie de casulo de alta tecnologia, e elas descem nos pontos turísticos sem ter a menor ideia em relação a quanto as coisas devem custar, então andam de um lado para o outro bem felizes de pagar o dobro por tudo... e isso faz com que os ocidentais fiquem com má reputação... e faz com que seja infinitamente mais difícil para os verdadeiros viajantes que tentam conseguir as coisas pelos preços locais.

— Afinal de contas — falei —, ninguém quer ficar pedindo dinheiro para o papai o tempo *todo*.

Jeremy olhou feio para mim.

— Ele tem toda a razão — respondeu Rupert 1. — Eu detesto pedir dinheiro para o meu pai. Acho que é a maior humilhação e mal posso esperar para ter idade suficiente para... para convidá-lo para jantar ou algo assim. Quer dizer, seria uma sensação ótima.

— Tem toda a razão, caramba — disse Rupert 2.

No dia seguinte fui ao Palácio dos Ventos com Ranj e, detesto admitir, Jeremy tinha razão a respeito dos turistas. Mas gostei bastante da construção, apesar de não ser tão bonito quanto a foto do Livro.

Na entrada, fiquei surpreso de ver Ranj dar dinheiro a um pedinte.

— Como você sabe quais são os mendigos de verdade? — perguntei.

— Como assim?

— Como você sabe quais são os pedintes de verdade e os que fazem parte de grupos organizados?

— Que porra é essa de grupo organizado de mendigos?

— Você sabe... aqueles que só vão em cima de turistas.

— Você é a pessoa mais paranoica que conheço. Um pedinte é um pedinte. Uma pessoa que não tem dinheiro. Que mora na rua.

— Ah.

— Você não dá dinheiro nenhum para eles?

— Jeremy disse que a gente não devia dar. Ele disse que os indianos simplesmente os ignoram.

— Que mentiroso mão de vaca.

— Então, você sempre dá dinheiro para eles?

— Nem sempre. Só... sabe como é... é igual na Inglaterra. Se tenho alguns trocados... e se estou a fim... dou uma esmola.

— É isso que a maioria das pessoas faz?

— Não sei, não sou telepata. Não existe um manual de regras com o que você deve ou não fazer, sabe?

— Acho que não.

Fiquei me sentindo mal. E a culpa era toda de Jeremy.

Tinha uma história circulando em nosso hotel a respeito de um filhote de tigre que tinha fugido do zoológico de Jaipur; ele simplesmente tinha se esgueirado para fora da jaula por entre as barras. Depois disso, parece que tinha começado a matar um monte de gente em um vilarejo próximo. Todos nós ficamos achando aquilo hilário, uma história indiana típica, até aquela noite, quando um francês contribuiu com uma versão nova. Ele afirmou ter ouvido dizer que o tigre tinha matado um turista ocidental. Algumas pessoas não acreditaram, mas ele deixou o restante de nós assustados de verdade.

Jaipur obviamente não era um lugar seguro, em parte por causa do tigre, mas principalmente porque Liz estava babando em cima de todos os Ruperts, de modo que fiz um comentário absolutamente humilhante a respeito de como a análise que Jeremy tinha feito sobre a cidade era acertada, e disse que deveríamos ir todos para Pushkar. Ranj demonstrou relutância em relação a sair de Jaipur assim tão cedo, e encarei brevemente a perspectiva apavorante de viajar sozinho com Liz e Jeremy.

— Como assim... vocês *já* vão embora? — perguntou ele.

— Vamos, aqui é turístico demais.

— Mas vocês ainda nem viram a cidade.

— Vimos, sim. Visitamos o Palácio dos Ventos.

— E o resto? Falta a cidade inteira.

— Bom, sabe como é. Não nos ligamos muito em cidades, para falar a verdade. Chegamos à conclusão de que são caóticas demais. E materialistas demais.

— Para onde vocês vão, então?

— Para Pushkar.

— Pushkar?

— Você já deve ter ouvido falar de Pushkar.

— Não. O que há em Pushkar?

— Ah, parece que é bem calma. Tem um lago e... hum...

— E o quê?

— Não sei, para falar a verdade. Só que parece ser um lugar realmente calmo. Mais ou menos como Manali, mas com um lago em vez de montanhas.

— Certo, certo. Parece bem legal.

— E nunca se sabe... se você passar tempo demais aqui, alguém pode encontrar você. Ninguém vai achar você em Pushkar. É só um vilarejo.

— Talvez você tenha razão. Aqui tudo é meio louco.

— E no hotel tem pavões.

— E daí?

— Sei lá. Só parece legal. Ah, venha conosco. Vamos rir muito.

— Vou pensar.

Naquela noite, fiz o recepcionista do hotel perguntar a ele se era *o* Ranj Pindar.

Ele foi conosco.

Foi o máximo?

Foi em Pushkar que as coisas começaram a desandar de vez entre mim e Liz. Estávamos lendo no pátio do hotel certa manhã (eu estava com um Wilbur Smith, Liz tinha acabado de mudar do *Bhagavad Gita* para o *Zen e a arte de manutenção de motocicletas*) quando de repente ela se levantou da cadeira em um salto e soltou um berro.

— Ai meu Deeeeeeeeeeus!

— O que foi? — perguntei, mas ela me ignorou, saiu em disparada até a entrada do pátio e agarrou uma menina que estava acabando de chegar com a mochila dela.

— Fi! — exclamou Liz.

A menina se virou e ficou olhando para Liz sem entender nada.

— Fi... é você?

— Meu nome é Fiona, sim.

— Sou eu... Liz.

Houve um longo silêncio enquanto a menina examinava Liz e então, quando a percepção foi se instalando, ela berrou, ainda mais alto do que Liz tinha berrado antes:

— AI... MEU... DEEEEEEEEEEEEUS! LIZZY!

— Fi!

— Lizzles!

— Fifi!

— Isto é tão... Meu Deus!... Inacreditável! Como está tudo?... Quer dizer, há quanto tempo você... Caramba? Por onde a gente começa?

— Nós... temos... taaaaanto que conversar.

Elas passaram uns dez minutos trocando vogais, repetindo o nome uma da outra sem parar, com abreviações cada vez mais bizarras e admirando os brincos e as pulseiras uma da outra, antes de Liz se dar ao trabalho de me apresentar.

— Este aqui é David, meu companheiro de viagem — disse.

Fi estendeu a mão e permitiu que eu sacudisse seus dedos suados e moles.

— Prazer — disse ela. — E esta aqui é a minha namorada, Caroline.

Acontece que Liz e Fiona eram as melhores amigas da Orquestra de Cordas da Escola Primária de Ealing e não se viam desde que a família de Liz tinha se mudado, quando ela estava com 11 anos.

Fiona e Caroline subiram para "lavar o rosto", prometendo voltar para "botar a conversa em dia" em "um instantinho". Depois de um tempo ela reapareceu, deslizando escada abaixo com o rosto limpo da sujeira e o cabelo seboso escovado e preso. Estranhamente, isso fez com que ela parecesse ainda pior do que antes.

— É tãããão bom ver você — derreteu-se ela, apertando a mão de Liz.

— E *que* coincidência.

— Impressionante.

— Inacreditável.

— Acho que Krishna deve ter desejado que nós duas voltássemos a nos encontrar — disse Fiona. — Do contrário, não teria como isso acontecer.

— E... e... de onde você está chegando? Há quanto tempo está aqui?

— Caz e eu acabamos de sair de um estágio de três meses em uma colônia de leprosos em Udaipur, para falar a verdade.

— NOSSA! — falei, jogando o livro no chão.

— É. Foi demais.

Afastei minha cadeira alguns centímetros para trás, só para garantir.

— Você acabou de passar três meses em uma colônia de leprosos?

— Bom... Quer dizer, não é mais assim que se chama... Agora é conhecido como Centro de Reabilitação e Asilo de Lepra de Udaipur... Mas é a mesma coisa.

— Jesus Cristo! Mas por que raios você fez isso? — perguntei.

— Ah, é fantástico.

— É, sempre quis fazer isso — disse Liz.

— O *quê?*

Liz me lançou um olhar de ódio.

— Eu nem me dei ao trabalho de mencionar porque sabia que você não entenderia. Na verdade, sempre foi um sonho meu.

— Ela se voltou mais uma vez para Fiona, e sua expressão novamente assumiu ares de doçura. — Fi, querida, como foi a experiência, *de verdade*? Foi o máximo?

— Ah, totalmente. Sou outra pessoa.

— Claro que sim.

— Como? — perguntei.

— É só que... o meu carma está completamente diferente.

Eu nem quis saber o que ela queria dizer com isso.

— Meu Deus, parece o máximo — disse Liz.

— Quer dizer, aprendi tanto sobre mim mesma... sobre cura... essas coisas.

— Como você conseguiu um lugar lá? Quer dizer, ouvi dizer que é a maior concorrência.

— Eu tive sorte. Uma amiga da minha mãe tem uma organização de apoio aos leprosos em Londres, e passei para a frente da fila. Posso recomendar você, se quiser.

— Ah, pode mesmo? Seria o máximo. Quer dizer, eu *com certeza* vou voltar aqui, e da próxima vez gostaria de retribuir à Índia pelo menos um pouco do que ela me deu.

— Exatamente. Foi por isso que quis passar um tempo lá. Quer dizer, eu nunca tinha vindo aqui, mas sabia que ia ser assim, e com os meus contatos entre pessoas que trabalham com lepra, parecia uma oportunidade boa demais para eu deixar passar.

— Mas... não é perigoso? — perguntei.

— Não seja bobo. A lepra é uma doença totalmente curável se for tratada desde os primeiros estágios. E não é nem de longe tão contagiosa quanto as pessoas pensam.

— Mas... é nojento.

— A gente tem que superar essa parte. Os primeiros dias foram horríveis, mas agora me sinto mais à vontade entre os leprosos do que entre gente com o corpo perfeito.

— Mas... você curou as pessoas?

— Não... o lugar em que eu estava era para pessoas que chegaram ao estágio incurável. É por isso que o centro de Udaipur é tão famoso.

— Por quê?

— Porque é fascinante. Tem gente mais aleijada lá do que em qualquer outro lugar, e você tem que dar banho naquelas pessoas e ajudá-las a caminhar, e de maneira geral tentar ajudálas a conviver com a doença.

— *Dar banho* nelas?

— É... fiquei bem viciada nisso.

— O QUÊ?

— No começo é horrível, mas depois que você se acostuma, é uma sensação maravilhosa.

— Por quê?

— Porque quando você faz aquilo, você se sente muito... *bem*.

— Como?

— Você simplesmente se sente uma *boa* pessoa. Sente como se tivesse ganhado carma positivo. Como se tivesse limpado todos os privilégios horríveis com que nasceu e que se desnudou e voltou a ser aquela menina simples que esfrega as costas de um leproso imundo, cheio de feridas e moribundo. É absolutamente extasiante.

— Ah, preciso fazer isso —disse Liz. — Preciso mesmo.

— Mas não é, tipo, deprimente?

— Ah, não! Pelo contrário. Aquele lugar transborda de otimismo.

— Mas achei que você tinha dito que todos os pacientes são incuráveis.

— Eles são, mas também são encantadores. Quer dizer, eles não têm mais nada e geralmente foram rejeitados pela família e também estão prestes a morrer, mas ainda conseguem dar risada e ter uma atitude positiva em relação à vida.

— Fala sério.

— É verdade.

— Isso não é possível.

— É verdade. Sabe, eles têm uma política de fazer entrevistas. Tem muito mais gente querendo ser internada lá do que a capacidade do local permite, e para conseguir um leito lá é preciso passar por uma entrevista para provar que a pessoa tem a atitude certa.

— E qual é a atitude certa?

— Positivismo. É preciso ser positivo. Quer dizer, se as pessoas que estão lá passassem o tempo todo de mau humor, as meninas que vão trabalhar lá ficariam tristes e não aprenderiam nada.

— Você está dizendo que os pacientes são escolhidos para agradar às enfermeiras?

— Todos os hospitais são assim. Quer dizer, se você não tem a doença certa, não pode ser admitido. Se não estiver doente o suficiente, não pode ser admitido. Isso é só levar o sistema de triagem um passo adiante. E vou lhe dizer, as pessoas ali recebem tratamento melhor do que receberiam em um raio de quilômetros. É por isso que a atmosfera é tão boa. É simplesmente um lugar maravilhoso.

— Isso é doentio.

— Como assim? Você acha que seria melhor se eles não recebessem tratamento algum?

— Não, mas, quer dizer, essa seleção dos pacientes...

— É preciso ser seletivo. Quer dizer, tem leproso dando em árvore neste país.

— É, mas...

— Na verdade, cá entre nós, o programa educativo do governo está começando a surtir efeito, e os recursos estão sendo rapidamente utilizados ultimamente.

Nesse ponto, Caroline se juntou a nós.

— Oizinho — cantarolou.

— Oizinho — cantarolou Fiona em resposta. — Está se sentindo melhor?

— Um pouco.

— Foi mais uma vez?

— Mais três.

— Ai, meu Deus, está piorando, não está?

— Ãh-hã.

— Você não acha que é melhor tentar ir ao médico?

— Achei que tínhamos concordado que não acreditamos em médicos.

— Quem sabe não conseguimos encontrar um homeopata?

— Se você acha...

— Você está doente? — perguntou Liz, irradiando preocupação.

— Estou. Não consigo parar de ir ao banheiro e já perdi quase 10 quilos.

— Você perdeu quase 10 quilos? — perguntou Liz.

— Perdi.

— Ah, sua sortuda.

— Sou mesmo, mas estou começando a ficar um pouco preocupada porque agora fico desmaiando.

— Como é que você não acredita em médicos se estava trabalhando num hospital? — perguntei.

— Não era um hospital, era um asilo — disse Fiona. — E tinha curandeiros em vez de médicos.

— Qual é a diferença?

— Médicos curam a doença. Curandeiros curam a pessoa.

— Qual deles a gente procura para acabar com caganeira?

Liz me fuzilou com os olhos.

O lance das alturas

A chegada de Fi e Caz prenunciou o fim. Liz começou a acordar todos os dias antes do café da manhã para ir meditar perto do lago com elas e, sob a influência das duas, começou a se transformar em uma mistura de princesa Anne, Madre Teresa de Calcutá, Gandhi e Russel Grant.

Nesse ínterim, parecia que Ranj estava saindo dos trilhos. Tudo começou a desandar quando ele comprou um *chillum*, que é basicamente o cruzamento de um cachimbo com um cone de trânsito, criado para se fumar quantidades enormes de haxixe. Um *chillum* provavelmente seria capaz de manter toda a população de Barnet chapada durante uma semana. Ranj, no entanto, adquiriu o hábito incomum de fumar um *chillum* inteiro sozinho. No café da manhã. E outro no almoço.

Normalmente, era impossível dar mais de duas tragadas em um baseado antes que um aproveitador desconhecido se sentasse ao seu lado e desse início a uma fraca tentativa de puxar conversa na esperança de dar alguns tapas. O *chillum* de Ranj, no entanto, era tão assustador que de fato espantava as pessoas.

Um pátio inteiro de estrangeiros era capaz de ser quase esvaziado pela visão de um indiano de olhos esbugalhados sugando uma ponta daquele negócio que parecia uma torre de resfriamento em um dia ruim. A fumaça que aquilo produzia geralmente parecia ser mais pesada que o ar, e na maior parte do tempo Ranj ficava sentado bem feliz no meio de uma nuvem de fumaça, revirando os olhos, xingando parentes imaginários e, ocasionalmente, desmaiando.

Olhe, sou totalmente a favor do abuso das drogas, mas nesse estágio Ranj simplesmente não era mais uma boa companhia. Ele não era companhia de jeito nenhum. Como resultado, passei a maior parte do tempo em Pushkar sozinho com Wilbur Smith.

Jeremy, nesse ínterim, tinha sido expulso da *entourage* real por Fi e Caz. Mas parecia que ele não se incomodava muito com isso, e quase pensei ter detectado um certo alívio no fato de ele ser deixado em paz por Liz. Sempre que o via, estava sozinho no pátio, lendo um livro chamado *A erva do diabo*, de Carlos Castañeda.

Sentindo solidariedade momentânea em relação a ele por compartilhar a condição de excluído, perguntei-lhe do que se tratava.

— É uma leitura obrigatória — respondeu, com aquele tom pomposo que eu quase tinha esquecido.

Tchauzinho solidariedade.

— Tome... leia a quarta capa — ofereceu.

"*A erva do diabo* projeta uma qualidade de experiência ao lado da qual a exatidão científica corre o risco de empalidecer e se tornar insignificante. Theodore Rozak" — era o que dizia.

— Caramba. Parece bom.

— Troco pelo seu Wilbur Smith quando você terminar — disse ele.

— Tudo bem.

Em uma manhã, eu estava mandando ver em uma panqueca de banana quando Liz, Fi e Caz, que tinham acabado de voltar de sua sessão matutina de sei lá o quê que elas faziam, chegaram e se juntaram a mim para tomar café da manhã (um ovo cozido cada uma, para o caso de alguém estar interessado).

Apesar de eu preferir ser deixado em paz com Wilbur, elas pareciam pensar que a coisa mais educada a fazer era vir se sentar à minha mesa, acabar com a minha paz e ficar falando merda à toa umas para as outras sem dirigir uma única palavra a mim.

Tentei ignorar a presença delas e me concentrar na bananice da minha panqueca, mas a invasão foi simplesmente brutal demais.

— Você chegou lá hoje? — perguntou Fi.

— Aonde... Ao nirvana? Está louca? — respondeu Liz.

— Não, não o nirvana. O outro. Aquele abaixo do nirvana, mas acima da tranquilidade de que eu estava falando. Como chama mesmo?

— Thingummy — respondeu Caz.

— Esse mesmo.

— Eu com certeza cheguei à tranquilidade — disse Liz.

— Maravilha — falou Fi. — Quer dizer, essa é a base. Agora você está bem encaminhada.

— Para falar a verdade, acho que foi a primeira vez que cheguei lá do jeito certo.

— Ah, fico tão feliz por você... Como você se sentiu?

— Eu me senti... hum... meio...

— Tranquila? — sugeri.

Sem resposta.

— ...como se... o meu corpo pertencesse a outra pessoa, e como se eu fosse apenas uma visitante na minha própria cabeça, observando o mundo e a mim mesma das alturas.

— Isso é surpreendente — disse Caz. — Isso é mais do que tranquilidade. Acho que é o próximo estágio. Eu quase nunca chego nessa coisa das alturas.

— É mesmo?

— É. Você está se saindo muito bem, de verdade.

Liz suspirou.

— Fico tãããão feliz de ter cruzado com vocês duas — disse, pegando na perna de cada uma delas. — Vocês abriram meus olhos para... para... para o MUNDO!

Ai meu Jesus, pensei. Agora ela realmente perdeu a noção.

— O meu carma — prosseguiu — realmente mudou. Estou vivendo em um domínio completamente diferente.

Eu não aguentava mais aquilo.

— Carma? — falei bem devagar. — Carma? Meu cu. Por que vocês três não arrumam alguma coisa para fazer?

O silêncio se instalou sobre a mesa. Fi e Caz ficaram olhando para mim, a expressão das duas completamente sintonizada. Nenhuma delas parecia nem um pouquinho brava comigo, nem mesmo ofendida. Estava bem claro que elas também só tinham pena de mim. Aos olhos delas, eu agora estava no mesmo patamar dos leprosos.

Liz, no entanto, não sentiu pena. Isso ficou bem óbvio. Eu estava na ponta receptora de um dos olhares dela. Na verdade, não era *um* dos olhares, mas sim *o* olhar. Aquele era um olhar *sério*. Traduzido, dizia basicamente o seguinte: "Agora já deu." Eu tinha chegado ao fim da linha. Ela não me suportava mais.

— Vamos, Fi. Vamos, Caz — disse ela.

Elas pegaram os ovos cozidos e passaram para outra mesa.

Naquela tarde, em uma operação complexa de sigilo ostentoso, Liz levou o colchão e a mochila dela para o quarto de Fi e Caz.

Então era isso

Queridos mamãe e papai,

Desculpem por eu ficar tanto tempo sem escrever, mas estou muito ocupado me divertindo. Acabei de sair da cordilheira do Himalaia e agora estou em Pushkar, um vilarejo lindo e calmo à beira de um lago, enterrado no meio do deserto do Rajastão. Este provavelmente é o estado mais colorido da Índia, famoso pelos sáris de cores fortes que as mulheres usam e pelas especiarias igualmente chamativas que estão à venda nas feiras lotadas. Estou relaxando bastante aqui, apesar de as coisas com a Liz não estarem muito bem ultimamente. Parece que nós nos odiamos profundamente no momento, mas tenho certeza de que tudo vai melhorar logo.

Com muito amor,
Dave

Eu estava tomando o meu chá da tarde (um dos muitos chás da tarde) no pátio do hotel, alguns dias depois da deserção de Liz, quando ouvi o som de pneus cantando na frente do hotel. Parecia não haver muitos carros na Índia, e quase nenhum em Pushkar (imagine então carros com capacidade de acelerar o suficiente para cantar pneu com uma freada brusca), então ergui os olhos do meu livro para ver o que estava acontecendo.

Um gordo de bigode, usando paletó e gravata, entrou no pátio correndo, com cara de estressado. Examinou todos nós, um por um, e então, quando viu a bolha que costumava ser Ranj em um canto, começou a berrar.

O berro fez com que mais três pessoas entrassem no pátio, sendo que uma delas era uma mulher de sári. Ela deu uma olhada em Ranj, então soltou um grito e desmaiou. As outras duas pessoas eram uns caras mais novos, de jeans e camiseta de marca.

— Mas que merda — disse um deles. — Seu retardado da porra.

Reconheci a linguagem como sendo das profundezas de Putney. Aquele obviamente era irmão dele. Ele agarrou Ranj pelo braço, mas Ranj se recusou a suportar o próprio peso, de modo que o segundo cara jovem se aproximou para pegá-lo pelo outro braço. Juntos, eles o ergueram e o levaram para fora do pátio.

Ranj parecia não ter acordado durante todo o episódio, até que ouvi a voz dele do lado de fora, dizendo:

— Esperem... Esperem... Esperem... ESPEREM! SÓ ESPEREM.

Ranj então reapareceu, com pernas bambas, e caminhou até onde eu estava.

— Quero que você fique com isto — disse, colocando o *chillum* na minha mão e fechando meus dedos ao redor dele.

— Valeu, cara — falei.

Ele me lançou mais um olhar do tipo "não se preocupe comigo, estou indo para a forca" e saiu andando feito uma criancinha até os braços de um dos irmãos que o esperava.

Os dois desapareceram, e o motor do carro começou a funcionar. Então desligou e ouvi uma porta de carro batendo e uma discussão. A única coisa que consegui entender foi:

— Não vale a pena. Ele não merece que façamos isso por ele.

Depois de um segundo de calmaria, o maior dos irmãos apareceu no pátio, marchou até onde eu estava, agarrou a minha camisa, me arrancou da cadeira e jogou o meu corpo contra a parede.

— Então, você é o fornecedor dele? — berrou. — É OU NÃO É? FOI VOCÊ QUE FEZ ISSO COM ELE?

— Não, cara, nunca trafiquei na vida — gaguejei, de repente certo de que estava prestes a ser assassinado.

— VOCÊ VENDEU AQUELA MERDA PARA ELE? VENDEU OU NÃO VENDEU?

— N-n-não vendi. Juro por Deus.

— EU DEVIA MATAR VOCÊ, PORRA.

— Você pegou a pessoa errada. Juro pela minha vida. Juro pela vida da minha mãe.

Ele me largou e rosnou.

— Escória. Você é uma porra de uma escória.

Então ele cuspiu nos meus sapatos e foi embora.

O recepcionista do hotel gritou alguma coisa para ele em hindi e, como resposta, ele jogou algumas notas de dinheiro no chão e logo desapareceu, contornando o prédio.

Ajeitei a camisa e tentei recuperar o fôlego. O pátio todo ficou em silêncio, e todo mundo estava olhando para mim. Tentei dar uma risadinha e dizer que o cara era louco, mas nenhum som saiu da minha boca.

Então reparei que Liz, Fi e Caz tinham assistido à cena toda de uma sacada. Liz, dava para ver, estava quase molhadinha de tanta alegria, mas forçava cada músculo facial a esconder seu prazer atrás da expressão presunçosa, decepcionada e de "eu te disse" que estava estampada em seu rosto.

Fi e Caz, a julgar pela aparência, só estavam com pena de mim.

Eu mal tinha me recuperado do meu quase encontro com a morte quando Liz desceu do templo que era o quarto de Fi e Caz para me dar "uma notícia".

— O que é? O que foi? —perguntei, ainda me sentindo meio abalado.

— Tomei uma decisão. Tem uma coisa que preciso fazer.

— O quê?

— Bom... Fi e Caz me falaram de um lugar que não fica longe daqui e que eu gostaria de visitar.

— E daí?

— Mas não é o tipo de lugar que você só vai e olha. Se quiser ir lá, tem que assumir o compromisso de ficar pelo menos duas semanas.

— O quê? Por quê?

— É um *ashram*.

— Um *ashram*? O que seria um *ashram* na Inglaterra?

— É um lugar hindu de retiro para meditação, reflexão e desenvolvimento espiritual.

— *Desenvolvimento espiritual*? Do que você está falando?

— Olhe... não quero voltar a discutir isso com você. Você obviamente é impermeável a... ao que este país está tentando lhe ensinar, e acho que devemos simplesmente nos ater aos fatos. Eu vou para o *ashram* com Fi e Caz.

— Vai ficar duas semanas?

— Pelo menos duas semanas.

— Bom, então era isso.

— Era isso o quê?

— Você está me abandonando. É isso. Vou ficar sozinho.

— Não, não vai. Sei que você não vai querer ir ao *ashram* conosco, mas podemos nos encontrar depois...

— Porra, mas eu não vou para *ashram* nenhum mesmo. Não quero sofrer uma lavagem cerebral por um bando de Hare Krishnas malucos. De jeito nenhum. Não vou passar nem perto...

— Chega. CHEGA! Não quero nem ouvir isso. Seus preconceitos são...

— PRECONCEITOS! Eu não tenho preconceito nenhum... só não quero acabar correndo de um lado para o outro em Leicester Square com a cabeça raspada, dizendo para todas as pessoas que passam que eu as amo.

— Isso se chama preconceito, Dave, caso você não saiba o que essa palavra significa. Estamos falando de uma religião inteira aqui, seguida por centenas de milhões de pessoas, e você só consegue pensar em uma... em uma... manifestação ocidental tipicamente distorcida da filosofia oriental. Você tem a mente tão limitada que realmente não sei por que se deu o trabalho de vir até aqui.

— Vim porque você me convenceu.

— Não me venha com essa. Você quis vir.

— Só para ficar com você. E agora você está me abandonando.

— Estou seguindo um chamado. Você está convidado a se juntar a mim, ou a me encontrar depois, mas não vou sacrificar esta oportunidade em nome da sua mente mesquinha.

— E eu não vou ficar aqui parado esperando. Temos um itinerário a cumprir. Tenho um país inteiro para ver. Não posso simplesmente desperdiçar todo o meu tempo aqui, não é mesmo? Eu ficaria louco. Não adianta vir à Índia e não ver nada. Eu preciso me mexer. Preciso chegar a Goa.

— A impaciência é um estado mental tipicamente ocidental. Você não percebe, mas se transformou em uma paródia de si mesmo.

— *Eu* me transformei em uma paródia de mim mesmo? Isso é hilário!

— O que você quer dizer com isso?

— Você... você... você simplesmente se transformou em uma idiota. É a única maneira de colocar a situação. E você nem tem personalidade suficiente para se transformar em uma paródia de si mesma. Você se transformou em uma paródia de outra pessoa. Apesar de Fiona ser uma das pessoas que fala mais merda que já caminhou sobre a Terra, você resolveu tentar se transformar nela! É patético.

— Se você tivesse me dito isso há uma semana, eu teria ficado brava. Para sua sorte, nos últimos dias fiz progressos significativos e passei a me conhecer bem o suficiente a ponto de um bostinha patético como você não ser capaz de me irritar. Meu eu verdadeiro é simplesmente impermeável a gente como você. Não importa o que diga, não vai conseguir me ofender, seu... seu BOSTINHA NOJENTO! SEU COCÔ! SEU FALSO FRACO CHORAMINGÃO RIDÍCULO PSEUDOMASCULINO CAGÃO! EU TE ODEIO E NUNCA MAIS QUERO TE VER, SEU CANALHA DE MERDA! VOCÊ ME DÁ NOJO!

Intercâmbio cultural

E foi assim que acabei ficando sozinho. Ranj tinha sido sequestrado pela família, Liz tinha se tornado Hare Krishna e Jeremy não passava de uma causa perdida na condição de ser humano. Fora eles, não havia mais ninguém que eu conhecesse em todo o país.

A essa altura, eu já estava entediado com Pushkar. Depois da discussão com Liz, achei que devia começar a me mexer para dar a impressão de que eu não tinha medo de ficar sozinho, mas o fato era que até a *ideia* de viajar sozinho já me fazia cagar de medo.

Eu não queria ficar sozinho. Simplesmente não queria. Só tinha uma coisa no mundo que seria pior do que ficar sozinho: ficar com Jeremy.

Pushkar era um lugar tão pequeno que nem tinha estação de trem. A mais próxima ficava a algumas horas de ônibus, em Ajmer. Enquanto caminhava sozinho até a rodoviária de Pushkar para comprar uma passagem para Ajmer, me senti como um daqueles velhos que ficam andando em parques e dando comida para os patos, comendo sanduíches de sacos de papel e tentando conversar com desconhecidos. O fundo do poço. Com 19 anos eu já me sentia como um aposentado solitário.

Eu não me lembrava de já ter me sentido solitário. Foi uma sensação estranha... até um pouco emocionante na hora, mas ficou claro para mim que, se me acostumasse com ela, seria horrível.

Nosso plano era parar em Udaipur, Ahmedabad e Bombaim antes de ir para Goa, mas resolvi deixar de lado o itinerário original e ir direto para lá. Isso implicava percorrer metade do país de uma vez só, mas eu não conseguia encarar a ideia de parar em outros lugares e me hospedar sozinho em hotéis, sem nenhum outro estrangeiro. Quer dizer, haveria *algumas* pessoas em todos esses lugares, mas eu já tinha aprendido que em cidades grandes os estrangeiros não eram muito simpáticos. E, na verdade, eu nem queria conhecer Udaipur, Ahmedabad e Bombaim. Quer dizer, uma cidade é uma cidade.

Se eu conseguisse simplesmente cerrar os dentes e chegar a Goa, poderia ficar lá e conhecer algumas pessoas novas. Eu certamente ia encontrar alguém para viajar comigo. Talvez até uma garota. Parece que isso acontecia muito em Goa.

Examinei o mapa da Índia na capa do Livro e percebi que, de acordo com a escala, a largura do meu dedo mínimo correspondia mais ou menos a 320 quilômetros. Então medi a distância de Pushkar a Goa e deu seis vezes a largura do meu dedo mínimo. Não podia ser. Quase 2 mil quilômetros? Não podia ser. Eu nem sabia que o país todo tinha essa extensão.

Sei lá. Fechei o guia. Aquela, obviamente, seria uma viagem longa. Mas, no fim, valeria a pena. Afinal de contas, eu ainda tinha precisamente duzentas camisinhas de sobra. (Felizmente, as camisinhas estavam na minha mochila e, o que quer que acontecesse quando nós finalmente nos separássemos, eu iria me assegurar muito bem de que *todas* ficassem comigo.)

Com uma passagem para Ajmer na doleira, passei o resto do dia elaborando meu discurso de despedida a Liz, e finalmente me contentei com:

"Percebo que as coisas andam complicadas, e que, independentemente do que aconteça, não vamos poder dizer que nos despedimos em um clima amigável... mas quero que você saiba que eu a perdoo pelo que você fez comigo e que não vou usar contra você o fato de ter me abandonado. Desejo tudo de bom para sua jornada espiritual e agradeço por me dar a oportunidade de viajar sozinho pela Ásia."

Infelizmente, quando acordei na manhã seguinte, ela já tinha ido embora. Encontrei um bilhete no chão do quarto que dizia:

D.,

Tchau.

Paz,

L.

Amassei o bilhete cheio de raiva, mas depois decidi que queria guardá-lo, então o alisei no chão, dobrei-o e coloquei-o no meio do Livro.

Com um sobressalto, percebi que tinha perdido a hora e que estava atrasado para pegar o ônibus. Normalmente, Liz teria cuidado da parte de acordar na hora. Merda. Para falar a verdade, ela cuidava de tudo.

Eu me vesti, joguei as pilhas de roupas espalhadas na mochila, calcei os sapatos, conferi se não tinha esquecido nada embaixo da cama e então fiz uma pausa de um segundo, joguei minhas coisas em cima da cama e contei as caixas de camisinha. É. Foi o que eu achei. Estavam faltando duas.

Mas que porra de *ashram ela* ia visitar. Típico. Então era isso que ela queria dizer com desenvolvimento espiritual. Absolutamente típico.

Contemplei a pilha de caixas de camisinha em cima da cama, todas elas com o celofane ainda intacto, e me senti paralisado por um instante. Eu era um fracasso. Minha vida era uma confusão. Meu lugar era em um mosteiro.

Por mais desgraçado que eu me sentisse, percebi que perder o ônibus não ia melhorar a minha situação, de modo que me forcei a refazer a mala e partir na direção da rodoviária. Cheguei quase 15 minutos atrasado, mas felizmente o ônibus ainda estava lá. Só que, para o meu horror, vi que os três assentos da frente já estavam ocupados por Liz, Fi e Caz.

O meu assento ficava na fileira logo atrás delas e, quando subi, Fi e Caz sorriram para mim do jeito que se sorriria para um leproso nojento. Liz olhou para o outro lado.

Apesar de a viagem ser curta, Caz conseguiu a proeza de vomitar pela janela duas vezes. Devido à velocidade do ônibus, uma porção significativa do vômito voou para fora da janela dela e entrou de novo pela minha, acertando bem no meu rosto.

Mas que beleza, pensei, enquanto limpava restos de lentilhas semidigeridas do rosto: primeiro você rouba a minha companheira de viagem, depois vomita na minha cara. Será que você tem mais algum desejo? Quer cagar na minha cama?

Ajmer não é o tipo de lugar que dê vontade de ficar, e considerando que Fi, Liz e Caz estavam no mesmo ônibus que eu para Ajmer, parecia claro que elas tomariam um trem para algum outro lugar. Não conversamos no ônibus, nem mesmo, por exemplo, para pedir desculpas sobre os respingos de vômito, de modo que os detalhes da viagem seguinte delas permaneceram um mistério.

A estação de ônibus em Ajmer era pequena e quase sem veículos. Isso deixou bem claro que elas seguiriam viagem de trem. A rodoviária ficava do outro lado da cidade em relação à estação ferroviária, e ao ver as três se apertarem em um riquixá com as mochilas, peguei um outro riquixá sozinho e as segui pela cidade.

Perdi o riquixá delas de vista durante o trajeto, mas voltei a encontrá-las na estação de trem, bem na minha frente na fila dos trens que iam para o sul, para Udaipur. Nenhuma delas se virou para olhar para mim, mas dava para ver que minha presença tinha sido notada pela maneira como todas elas ficaram com o corpo rígido e começaram a trocar sussurros acalorados.

Depois de uns dez minutos, Liz se virou para trás, com o rosto bem vermelho de raiva.

— Você está nos seguindo?

— Não.

— Só me diga por que está fazendo isso, Dave. Exatamente o que você acha que vai conseguir com isso?

— Nada. Eu só estou viajando para o sul, e é por aqui que preciso ir.

— Isso é alguma forma distorcida de vingança?

— Não sei do que você está falando. Para onde você acha que eu devo ir? De volta para Delhi?

— Muito engraçado.

— Não foi piada.

— Você não vai nos intimidar, sabia?

— Não estou tentando intimidar vocês, pelo amor de Deus. Só estou indo para... para... Udaipur e Ahmedabad.

Ela ficou me olhando toda desconfiada.

— Achei que você tinha dito que estava indo para Goa.

— É, bom, eu vou parar no caminho, não é mesmo? Não estou interessado só nos lugares que todo mundo visita, sabia? Quero conhecer a Índia de verdade.

Ela me olhou ainda mais desconfiada.

— Nós vamos descer antes de Udaipur... não vou dizer onde... mas se você descer na mesma estação que nós, vou chamar a polícia.

— Ah, sei.

— Não estou brincando.

— E o que eles vão fazer?

— Isso depende do que eu disser para eles que você fez.

— Ah, Liz. Dá um tempo.

— Não... é você que tem de me dar um tempo.

— Olhe... não sei sobre o que nós estamos discutindo, porque não tenho o menor interesse de seguir vocês quando descerem do trem para ir para o centrinho sórdido de lavagem cerebral de vocês. Eu vou, como disse, para Udaipur.

— Não estou mais interessada nas suas mentiras, David. Apenas se lembre de que eu vou chamar a polícia se isso continuar.

Quando cheguei à frente da fila, tentei explicar ao vendedor de passagens que eu queria ficar em um compartimento diferente do das três garotas inglesas. Demorou um século para ele entender o que eu estava dizendo, mas no fim ele suspirou, assentiu com a cabeça e disse ter entendido.

Paguei a passagem, e ele a entregou para mim por baixo do vidro com uma piscadela enorme, dizendo que havia me colocado o mais próximo possível.

No trem, fui recebido com mais olhares gélidos e costas rígidas viradas. Eu me senti como se já tivesse passado da fase do aposentado solitário e agora fosse um velho sujo com capa de chuva.

Depois de um tempo, o homem sentado ao meu lado sorriu e perguntou:

— Essas moças amigas suas?

Ele vestia uma camisa verde de poliéster, manchada de suor, e parecia que recentemente tinha lavado o cabelo com banha. Nós estávamos apertados um contra o outro no assento, mas sempre que eu tentava criar algum espaço entre nós, a gordura dele se acomodava e ocupava a brecha.

— Não. Não são minhas amigas — respondi.

— Você vai falar com moças, vai?

— Não. Não falar com moças.

— Por quê?

— Elas não ser minhas amigas.

O homem olhou para mim como se eu fosse louco de carteirinha, em parte porque comecei a falar com um sotaque pior do que o dele, mas principalmente, suponho, porque não demonstrei interesse em falar com as moças.

— Elas não ser moças boas — falei, na esperança de me explicar.

— Moças bonitas elas — respondeu ele, com olhos arregalados de tarado.

— Pode confiar em mim, elas são um pé no saco inacreditável.

— Oi, como?

— Moças más. Moças más.

— Moças más divertidas.

— Não. Não essas aí. Não são divertidas porra nenhuma.

Ele mexeu a cabeça para cima e para baixo em solidariedade, obviamente ainda achando que eu era louco.

— Qual seu nome? — perguntou.

— Dave.

— De onde você é?

— Da Inglaterra.

— Ahh. Inglaterra muito bom. É casado?

— Não.

— O que você faz?

— Sou estudante.

— Ah, muito bom.

A essa altura, acabou o assunto. Um longo silêncio se instalou. Percebi que deveria ter feito as mesmas perguntas para ele, mas por algum motivo eu simplesmente não tinha energia. O silêncio foi quebrado quando o homem sentado à minha frente, que parecia tão doente que eu não queria chegar perto dele, se inclinou para a frente e tentou me dar um aperto de mão.

— Olá — falei, com um pequeno aceno.

— Bom-dia, senhor — respondeu ele, cumprimentando a minha perna. — Qual é o seu nome?

— Dave.

— De onde você é?

— Da Inglaterra.

— Ahh. Inglaterra. Muito bom. O que você faz?

— Sou estudante.

— É casado?

— Não.

— Ah, muito bom.

Agora eu realmente estava conhecendo os habitantes locais. Isso sim é que é intercâmbio cultural... que coisa mais fascinante.

Algumas horas depois, quando Liz, Fi e Caz saíram do trem, fingi não notar. Elas tentaram fazer a coisa de maneira bem lenta e despreocupada, mas vi que, no segundo em que chegaram à plataforma, saíram correndo pela estação e sumiram de vista.

Agora eu estava sozinho de verdade.

O homem de cabelo de banha estalou a língua no céu da boca, fez um sinal com a cabeça para fora do trem, abriu os dedos da mão direita e disse:

— Moças bonitas.

De algum modo compreendi o que ele quis dizer. Na linguagem internacional dos homens sebosos e famintos de sexo, aqueles gestos queriam dizer: "Sujeito sem sorte. Elas eram areia demais para o seu caminhãozinho mesmo."

Estalei a língua, fiz um gesto para cima com a cabeça e dei de ombros.

Ele riu e me deu um tapinha no joelho.

Foi meio deprimente perceber que eu era tão fluente na linguagem dos homens sebosos e famintos de sexo.

E eu não sou de Surrey

A parada final do trem era em Udaipur, e fui uma das últimas pessoas a sair do vagão. Ao pisar na plataforma escura, vi que a estação estava quase deserta. Quase deserta para os padrões indianos, quer dizer... e isso significa que há tão poucas pessoas por perto que a gente às vezes até consegue enxergar um ou outro centímetro de chão sob as massas rodopiantes de humanidade.

Do saguão da estação, dei uma olhada nos táxis e nos riquixás. Apesar da hora, a cidade parecia movimentada. Devido à minha última conversa com Liz, sentia que precisava visitar um pouco mais do que apenas a estação de trem.

Um motorista me abordou e tentou me puxar para o riquixá dele, mas reagi com tanta braveza que ele recuou. Isso me fez perceber, brevemente, que Jeremy tinha razão a respeito de como a gente aprende a ser tão bruto com as pessoas que elas acabam nos deixando em paz. E você nem nota a sua mudança... simplesmente percebe, de repente, que as pessoas passam a incomodá-lo muito menos.

Essa ideia me forneceu alguns décimos de segundo de felicidade, antes de eu começar a me sentir deprimido de novo. Sabia que era importante não me deixar entrar em uma espiral descendente, então resolvi me permitir um pequeno gosto. Eu não ia me dar o trabalho de visitar Udaipur. Eu me hospedaria em um "quarto de repouso" na estação (há quartos tipo hotel na maior parte das grandes estações indianas) e pegaria um trem na manhã seguinte, indo mais para o sul, para Ahmedabad.

Voltei para dentro mais uma vez e entrei na fila do guichê de passagens.

Todos os assentos de segunda classe estavam ocupados no trem para Ahmedabad, então, como parte da minha campanha para o bem-estar emocional, decidi gastar com uma passagem de primeira classe. Isso custou quatro dias inteiros do meu orçamento, mas pelo menos fez com que eu me sentisse melhor.

Dessa vez, a sensação de bem-estar durou vários segundos inteiros, antes de a depressão se abater mais uma vez.

Meu quarto de repouso, descobri, era limpo e bem arrumado, e isso de algum modo me deixou tão deprimido quanto se fosse sujo. A precisão do quarto e o vazio da cama ao meu lado, o padrão do piso, o buraco na tela da janela, a forma da minha mochila... de repente tudo para que eu olhava parecia fazer eu me sentir pior.

Resolvi tentar me animar escrevendo um cartão-postal para meus pais. Encontrei uma fotografia amassada de Manali no fundo da mochila e me sentei em uma escrivaninha bamba no canto do quarto.

Queridos mamãe e papai,
Udaipur é uma cidade fascinante e colorida no sul do Rajastão. Acabei de chegar aqui e espero visitar o Hotel do Palácio do Lago amanhã, onde uma parte de um dos filmes de James Bond foi rodada. Liz me largou e fugiu com duas sapatonas, então agora estou sozinho e me sentindo profundamente deprimido. Meu estômago também está um pouco estranho, e acho que vou ficar doente, e este não é um momento muito bom para isso, porque agora não tem ninguém aqui para cuidar de mim. Mas não se preocupem. Tenho certeza de que as coisas vão ficar bem logo.

com amor,
Dave

P.S.: Como estão as coisas aí em casa?

Equilibrei o cartão em cima da minha mochila, apaguei a luz e fui me deitar. Os lençóis pareciam relativamente limpos, mas eu estava com aquele tipo de humor em que é impossível esquecer quantas pessoas dormiram na mesma cama e a variedade de atos que foram desempenhados no mesmo colchão absorvente. Comecei a sentir coceira e precisava encontrar algo para distrair a mente.

Depois de ter voltado a acender a luz, abri meu livro e consegui extrair algum conforto do fato de o personagem principal obviamente estar passando por coisa pior do que eu (vomitando as tripas no deserto mexicano e correndo de um lado para o outro, achando que era um cachorro). Mas eu não conseguia me concentrar em mais de uma frase de cada vez, e acabei me contentando em apenas escutar os trens do outro lado da minha janela.

Apaguei a luz e tentei pegar no sono, mas fui distraído por visões de Liz que ficavam aparecendo em minha cabeça. Não conseguia parar de imaginá-la relaxando com Fi e Caz, dando risada, meditando e falando mal de mim. Eu estava determinado a não sonhar em como as três se divertiriam infinitamente enquanto eu definhava em quartos de hotel sozinho, e tentei me obrigar a pensar em outra coisa. O assunto que sempre vinha preencher o vazio, no entanto, era ainda pior. Meu cérebro insistia em fazer cálculos de quantos dias tinham se passado e quantos ainda me restavam na Índia. Parecia de importância crucial saber se eu já tinha passado da metade ou não, mas realmente também não queria pensar nisso, pois certamente ainda faltava muito tempo, e parecia provável que eu fosse incapaz de aproveitar qualquer coisa.

A única maneira de fazer minha mente parar de rodopiar com pensamentos terríveis era tentar esvaziá-la completamente. Isso se comprovou quase impossível, com imagens de Fi, Caz, Jeremy, minha mãe e atos sexuais bizarros nos quartos de repouso da estação de trem de Udaipur preenchendo meu cérebro de modo perpétuo. Tentei pensar para ver se me lembrava de ter pegado alguma dica de meditação com as meninas, mas nada de útil me veio à mente.

Acabei só repetindo mentalmente "vazio, vazio, vazio", de maneira tão obsessiva que aquilo anulou qualquer outra palavra, enquanto eu concentrava todas as minhas forças restantes em visualizar uma caixa vazia. Continuei a me distrair com a sensação de que aquilo talvez estivesse funcionando de verdade, mas devo ter caído no sono, porque eu estava acordando e o dia estava claro.

Com o novo dia, vi que estava me sentindo um pouco melhor e tomei café da manhã no restaurante da estação. *Havia* algo legal no fato de estar sozinho. Se não houvesse mais nada, pelo menos eu me sentia corajoso, e isso era, no mínimo, uma sensação positiva. Ao observar todas as outras pessoas comendo em grupos, cheguei à conclusão de que eu devia parecer levemente misterioso. Essa também era uma sensação boa. Eu nunca tinha me sentido misterioso antes. E, para coroar tudo, minha omelete estava realmente gostosa. Sim... aquele era um dia bom. A véspera tinha sido um dia ruim, mas aquele, eu tinha resolvido, seria um dia bom.

Não foi. De Udaipur a Ahmedabad, meu vagão foi compartilhado com uma criança que não parava de berrar, uma menina que comia sem parar, um menino que batia na criança que não parava de berrar, a mãe que batia na criança por reclamar que o irmão estava batendo nela, e o marido, que estava com cara de quem queria se matar. Eles faziam tanto barulho e ocupavam tanto espaço que eu passei as 11 horas inteiras me sentindo como um assistente social indesejado na sala de estar de uma família psicótica.

A estação de Ahmedabad fedia a merda (literalmente), e eu tive que alcançar novos picos de comportamento ameaçador e mentiroso para conseguir comprar minha passagem e seguir viagem, no final usando o pretexto de que minha esposa estava prestes a dar à luz em um hospital de Bombaim.

Quando o trem finalmente começou a andar, já tinha escurecido havia muito tempo. Eu me sentia frágil; então, assim que o trem começou a se movimentar, subi para o meu beliche e tentei esquecer onde estava. Eu geralmente deixava minha mochila embaixo da cama mais baixa, mas sem ninguém por perto em quem eu confiasse, a única maneira de me assegurar de que nada seria roubado era usá-la como travesseiro. Isso fez com que os meus pés ficassem para fora da cama, e eu acabei chutando a cabeça da maior parte das pessoas que caminhavam para cima e para baixo no vagão. Algumas delas ficaram um tanto injuriadas com isso e tentaram fazer com que eu mudasse a minha mochila de lugar, mas fingi ser idiota ou estar dormindo — ou os dois.

Quando caí no sono, lembrei-me vagamente de alguém me dizer que na Índia deve-se sempre sentar de pernas cruzadas, porque é um insulto medonho mostrar a sola dos pés para um hindu. Achei que isso podia ter algo a ver com eles não gostarem da ideia de ter uma meia suada lhes sendo esfregada na sua testas, de modo que fiz uma tentativa simbólica de me encolher. Afinal, seria muita estupidez ser linchado só por estar tentando evitar ser roubado.

Acordei ao amanhecer e dei uma examinada rápida no trem em busca de outros estrangeiros, mas não vi nenhum. Eu não estava no clima para tentar conversar com indianos, então passei a maior parte da manhã escondido no meu beliche, sentindo-me solitário e deprimido.

Perto da hora do almoço, o trem parou no meio do nada e, depois de um tempo, as pessoas começaram a descer. Saí da minha cama e segui a multidão porta afora. Estávamos no alto de uma ribanceira acima de um pântano, e tinha mais um trilho perto de nós. Achei que as pessoas estavam saindo do trem para tentar descobrir o que estava acontecendo, mas o negócio é que todo mundo estava esticando as pernas bem contente, fumando, conversando ou mijando. Eu dei umas voltas, e algumas pessoas sorriram e acenaram para mim. Retribuí o aceno, mas tentei evitar conversar com elas, porque a gente sempre acabava passando pela mesma merda de "Oi, qual é o seu nome? De onde você é? É casado?", e eu não aguentava mais aquilo.

Então, depois de alguns minutos avistei outro cara branco, bem na frente do trem, perto dos vagões de primeira classe. Ele estava sentado no trilho, olhando na minha direção. Graças a Deus! Finalmente... alguém com quem conversar!

Eu estava quase pulando de alegria e dei um aceno enorme para ele. Apesar de provavelmente ter visto o meu cumprimento, ele não retribuiu; simplesmente virou a cabeça e olhou para o outro lado, para o pântano. Quando me aproximei, quase correndo, ele continuou sem olhar para mim, apesar de provavelmente ter ouvido o barulho dos meus pés nas pedrinhas.

Eu me sentei no trilho ao lado dele, e só aquela presença perto de mim já me deixou mais calmo.

— Oi — falei.

Ele esperou um pouco, como se estivesse torcendo para eu ir embora, e então, finalmente, se virou na minha direção e disse oi. Então olhou para mim. Olhou para mim com atenção. Como se estivesse examinando o meu rosto em busca de alguma coisa.

Não consegui pensar em nada a fazer além de retribuir o exame. Ele era bem velho (tinha 30 e tantos anos ou algo assim) e tinha cabelo eriçado forçado em uma divisão para o lado, com barba curta mas densa. Seus olhos tinham uma aparência levemente desconcertante: eram vidrados, mas ainda assim, de algum modo, penetrantes. E ele não usava os apetrechos comuns dos turistas; aliás, estava vestido com calça e camisa.

— De onde você é? — perguntei.

— De Bangalore — respondeu ele, e então ficou observando a minha reação.

Tentei não manifestar nenhuma, mas não deu muito certo. Eu queria saber de onde ele era de verdade. Enquanto eu tentava encontrar uma maneira de perguntar que não soasse racista, ele disse:

— Manchester.

Depois de um tempo, para preencher a lacuna, acrescentou:

— Reuters.

Assenti devagar e, finalmente, para cimentar o buraco:

— Jornalista.

— Certo.

Era um cara bem tagarela aquele. Minha vontade era dizer a ele que obviamente tinha passado muito tempo da vida escrevendo telegramas e devia aprender algumas habilidades sociais, mas ele não era o tipo de pessoa para quem se podia dizer uma coisa dessas. Aliás, ele parecia ser o tipo de pessoa para quem não se pode dizer nada.

Fazia séculos desde a última vez que eu tinha conversado com um... adulto de verdade, sabe como é. Alguém que tivesse emprego. Fora os indianos (eles têm emprego, obviamente), mas estou falando de alguém do meu país. Um europeu com emprego. Alguém que fizesse alguma coisa de verdade.

Isso fez a minha mente ficar em branco por algum motivo, e não consegui pensar em nada para dizer a ele.

No final, perguntei:

— Para onde você está indo?

— Vou cobrir a greve — respondeu ele.

Assenti, como se aquela fosse uma resposta que eu pudesse entender.

Ele continuou olhando para mim, então eu continuei assentindo.

— Você sabe de que greve eu estou falando?

— Da greve?

— É. Da greve.

— Hum... para falar a verdade, faz alguns dias que eu não leio jornal.

Ele soltou uma gargalhada de desdém.

— O Congresso está discutindo com o Partido Bharatiya Janata a respeito das cotas dos Harijans na educação superior, e o Maharashtran Sabha não foi capaz de fazer uma votação conclusiva contra a ameaça de greve geral. É provável que tudo estoure logo.

— Certo.

— Você sabe do que eu estou falando?

— Não, para falar a verdade, não.

— Olhe, vou começar de novo. O Congresso...

Tentei ajeitar a minha expressão para dizer: "Prossiga...", mas, de algum modo, meu rosto ainda estampava: "Mas que merda é essa?"

— Congresso? — disse ele.

— Hummm...

— Você não sabe o que é Congresso?

— Sei, sim.

— O que é?

— É... o... Parlamento. O Parlamento indiano.

— Não é o Parlamento. O Parlamento é o Lok Sabha e o Rahja Sabha. O Congresso é o partido no governo.

— Ah, é. Sei. Claro. Eu sabia isso.

— Então, você sabe sobre a discussão em relação às cotas dos Harijans?

— Não exatamente.

— Você sabe quem são os Harijans?

— Sei.

— Quem são?

— Eles são... hum... o partido de oposição.

— Ai, meu Deus, isto é inacreditável. "Harijan" é o nome da classe mais baixa da sociedade indiana. Os intocáveis. As pessoas que provavelmente varreram todos os pedaços de chão em que você pisou e que limparam todas as privadas em que você cagou desde que chegou aqui. *Eles* são os Harijans... como foram renomeados por um tal de Mahatma Gandhi. Talvez você tenha ouvido falar dele.

— Ouvi, obrigado — falei, em uma tentativa de ser sarcástico.

— É provável que só tenha visto o filme — balbuciou ele para si mesmo. — Esqueça. Simplesmente esqueça.

Então, balançando a cabeça, ele passou toda a impressão de ter se esquecido de que eu estava ali e se virou para o outro lado. Com um sorriso vago nos lábios e uma ruga brincando na testa, ficou olhando para o pântano.

Aquele era um homem muito sem educação. Decidi que não ia me deixar humilhar.

— Olhe — falei. — Você é jornalista profissional. É seu trabalho saber essas coisas. Eu só estou viajando aqui. Só estou de férias. Não preciso estudar para as férias. Já tenho que ficar lendo o resto do ano todo.

Ele se voltou para mim bem lentamente e balbuciou, ainda para si mesmo, parecia:

— Você não precisa estudar para as férias.

Será que essa era a ideia dele de conversa? Ele era, sem dúvida, o homem mais grosso que eu já tinha conhecido.

Depois de um tempo ele disse de novo, um pouco mais alto, com uma ênfase estranha:

— Você não precisa *estudar* para as férias.

— É isso aí. Não preciso estudar para as férias. Você tem algum problema com isso?

— Não — disse ele, sorrindo para mim. — Acho que é bem certo.

— Certo. Como assim, certo?

— Universidade da Vida. Ano Um, Playgrounds Avançados de Aventura. Primeira parte da prova: vá ao Terceiro Mundo e sobreviva. Nenhuma exigência de estudo, interesse, intelecto ou sensibilidade.

Que cara inacreditável.

— Olhe, você não sabe nada sobre mim. Não sabe por que estou aqui. Não sabe o que penso. Não tem o menor interesse em saber por que resolvi vir para cá e o que isso significa para mim, então você... você... você não tem nenhum direito de fazer pronunciamentos a respeito da minha... da minha viagem... e do meu... caráter. Certo?

Ele assentiu, sem parar de sorrir.

— Você tem toda a razão. Não sei nada sobre você. Absolutamente nada. E, no entanto, apareço aqui e faço julgamentos do nada a respeito do seu caráter. É um horror.

Ele ficou me olhando com ar inquisitivo, mas eu não sabia o que ele queria, então só fiquei encarando para ver se ele parava de olhar.

— Você está *totalmente* certo. Sou completamente ignorante e, no entanto, venho aqui, sento ao seu lado, passo alguns breves momentos na sua companhia, depois vou embora achando que aprendi alguma coisa a seu respeito. É apavorante. Eu não devia nem ter vindo aqui. Não estou interessado, não devia ter tomado o seu tempo.

— Ah, certo. *Entendo*. Muito inteligente. — Desviei o olhar e tentei ignorá-lo.

Um pouco mais longe nos trilhos ainda havia gente conversando e fumando, sem sinal aparente de que o trem estivesse para partir. Apesar de eu não ter exatamente engatado um papo com o jornalista, resolvi não me mexer. Eu não estava pronto para ficar sozinho de novo.

— Talvez eu escreva um artigo sobre você.

— O quê?

— Pode ser que eu escreva sobre você.

— Sobre mim? O que você tem a dizer sobre mim?

— Não sei bem. Diga... o que você faz o dia todo?

— O que eu faço?

— É. Como é um dia normal na sua vida?

— Está zoando com a minha cara?

— Não. Só estou curioso.

Lancei um olhar desconfiado para ele.

— Você sabe... eu estou viajando. Sou mochileiro.

— Mas o que você faz o dia inteiro? Como é que você não se entedia?

— Tédio? É impossível se entediar aqui.

— Mas o que você *faz*? Em cada lugar que visita.

Ele parecia interessado de verdade.

— Bom, você chega ao lugar. Procura um hotel. Fica por lá um pouquinho. Passa uns dias visitando a cidade. Come. Lê. Dorme. Conversa com os outros estrangeiros. Pensa sobre para onde vai em seguida, e então... sabe como é... é uma confusão para conseguir as passagens para a próxima viagem, então você se prepara para isso, e então aguenta tudo, e passa uma manhã inteira na fila do guichê, e no dia seguinte vai embora.

— Certo. Então a coisa mais importante e mais desafiadora que você faz em cada lugar é comprar a passagem para chegar ao próximo lugar.

— Não. Não foi isso que eu disse.

— Foi, sim.

— Olhe... esqueça. Você obviamente só está interessado em zoar com a minha cara, então não vejo por que devo ajudar você a escrever a porcaria da sua reportagenzinha. Você vai ter que falar com alguém mais trouxa.

— Tudo bem. Já tenho material mais do que suficiente.

— Tipo o quê? Então, o que você vai escrever sobre mim?

— Acho... algo como o fato de não serem mais hippies em missão espiritual que vêm para cá, só idiotas em uma aventura na pobreza durante as férias. O objetivo real seria dizer que visitar a Índia não é mais ato de rebeldia hoje em dia; na verdade, é uma forma de conformismo para garotos ambiciosos de classe média que querem ser capazes de colocar alguma coisa no currículo que mostre um pouco de iniciativa. Todas as empresas de ponta querem robôs com iniciativa hoje em dia, e visitar o Terceiro Mundo é o truque de circo perfeito para se fazer. Vocês vêm para cá e se apegam uns aos outros como se estivessem em uma espécie de exercício de gerenciamento de relações na floresta de Epping. Então, depois que tiram a parte chata da viagem do caminho, podem voltar para casa e provarem para os empregadores que estão mais do que prontos para se acomodar em uma vida cheia de tédio. Suponho que possamos chamar isso de uma forma moderna de circuncisão ritualística... é como uma medalha de sofrimento que você precisa exibir para ser recebido na tribo da futura elite da Grã-Bretanha. Seu tipo de viagem tem a ver com horizontes rasos fantasiados de mente aberta. Vocês não têm interesse pela Índia e não têm sensibilidade para os problemas que este país está tentando enfrentar. Também tratam os indianos com uma mistura de desprezo e desconfiança, que é herança dos colonizadores vitorianos. A presença de vocês aqui, na minha opinião, é ofensiva. Vocês todos deviam voltar para Surrey, porra.

— Isso... isso é um monte de bobagem. Eu respeito os indianos.

— Por que você percorreu toda a extensão do trem para vir falar comigo, então? Você acha que sou a única pessoa aqui que fala inglês?

— Não... eu só queria um pouco de... Olhe, é fácil para você inventar esse monte de besteira politicamente correta quando se hospeda em hotéis aconchegantes pagos pela empresa. Se você passasse um pouco de tempo com os viajantes de verdade, ia ver que tem muita gente que tenta nos explorar. A gente tem que ser um pouco desconfiado. É autodefesa básica.

— Viajantes *de verdade*. Você é impagável. Vou ter que incluir isso.

— Esqueça. Você nem está escutando o que eu digo. Só acho que você é meio... meio... O ceticismo é mesmo uma coisa muito triste. Tem muito mais coisa no que eu faço do que você pensa.

— Ah, claro.

— Pelo menos estou tentando. A maioria das pessoas se contenta em... em permanecer totalmente ignorante em relação ao Terceiro Mundo. Pelo menos eu vim até aqui.

— E ninguém pode chamar você de ignorante.

— Chega. Para mim, já deu. Estou fora.

Eu me levantei e me dirigi para o meu vagão batendo os pés. Depois que uma distância razoável se abriu entre nós, eu me virei para dar uma última olhada nele.

— E EU NÃO SOU DE SURREY — berrei.

Ele me deu um sorriso enorme e fez um aceno exagerado:

— APROVEITE O RESTO DAS SUAS FÉRIAS! — gritou. — NÃO SE ESQUEÇA DE COLOCAR A SUA GRANDE VIAGEM NO SEU CURRÍCULO!

Eu mostrei o dedo do meio para ele.

A locomotiva logo apitou, e todo mundo voltou correndo para dentro com o trem já começando a se movimentar. Olhei ao redor no vagão para encontrar alguém com quem conversar. Determinado a provar que o jornalista estava errado, resolvi fazer uma tentativa com um dos locais. Um cara que estava na minha diagonal tinha um par de canetas saindo do bolso e parecia razoavelmente culto, então parecia justo partir do princípio que ele falava inglês. Sorri para ele.

— Olá, meu amigo — disse ele.

— Olá — respondi.
— Qual é o seu nome?
— David.
— De onde você vem?
— Da Inglaterra.
— Você é casado?
— Não.
— O que você faz?
— Sou estudante.
— Ah, muito bom.

Lá vamos nós, pensei. A mesma porcaria de sempre.

Respondi com algumas perguntas de cortesia e, antes que me desse conta, estava preso como ouvinte da história de como as sei lá quantas centenas de filhos dele tinham passado pelo serviço público indiano, em uma história da extensão do *Mahabarata*. Isso durou até chegarmos a Bombaim. Ele tentou me convidar para jantar na casa dele, mas consegui me desvencilhar, dizendo que estava com pressa para me encontrar com alguém.

Em Bombaim, só precisei dar uma cheirada na cidade para perceber que não iria encarar ficar ali. Então caminhei até a agência de turismo mais próxima para comprar uma passagem no primeiro ônibus para Goa (mais rápido do que o trem, já que demorava só 16 horas, de acordo com O Livro). O ônibus estava marcado para sair dali a duas horas, mas, na verdade, saiu depois de quatro horas e levou mais três horas para alcançar os limites de Bombaim. Quando chegamos à estrada aberta, já era mais de meia-noite, de modo que resolvi tentar dormir bem quando o motorista colocou uma fita de musicais em hindi no volume máximo. A fita tocou a noite toda, sendo periodicamente interrompida por mim quando eu me levantava e gritava para ele abaixar o som. Quando eu fazia isso, todo mundo no ônibus me olhava como se eu fosse louco. Parece que era prática comum os motoristas colocarem música bem alto para eles próprios não dormirem quando dirigiam a noite toda. Em uma de nossas incontáveis paradas, comprei uma caixa de biscoitos em uma barraquinha de beira de estrada para poder cortar pedaços de papelão e improvisar tampões de ouvido, que no final não fizeram diferença nenhuma para me proteger do barulho, só ficavam caindo e deixaram minhas orelhas doloridas. Também comi todos os biscoitos de uma vez, só para tentar parar de pensar em tudo aquilo, e fiquei enjoado. O ônibus quebrou na metade do dia seguinte e acabei pegando carona até Panjim (a capital de Goa) na traseira de um caminhão, com uma pilha de eixos como assento. Em um delírio de raiva, frustração, solidão e dor na bunda, não sei como consegui encarar a última etapa da viagem, que era pegar um ônibus local da cidade até a praia. Eu não me importava para onde ele ia nem para qual resort estava me levando, desde que houvesse uma praia.

Eu obviamente tinha me enganado a respeito das delícias de viajar. Ir de um lugar a outro era, sem dúvida nenhuma, a parte de merda. As viagens, muito claramente, não eram o objetivo... especialmente se você tentasse percorrer na Índia a largura de seis dedos mínimos de uma vez só.

Estupor agradável

As monções se deslocam em uma faixa larga através da Índia, em direção ao norte. Quando começa na cordilheira do Himalaia, já vai estar terminando na ponta sul da Índia. Eu tinha pegado o começo no norte, mas agora, depois de viajar quase 2 mil quilômetros para o sul, me vi no meio do país, no meio da monção.

Eu tinha ido parar em um dos maiores resorts, chamado Colva Beach, mas à primeira vista parecia vazio. Ainda havia muitos indianos ao redor, mas eu realmente não conseguia distinguir nenhum outro estrangeiro. E a maior parte dos hotéis parecia estar fechada.

Encontrei um lugar indicado pelo Livro que estava aberto e pedi um quarto. Apesar de ainda ser o meio da tarde, fui direto para a cama.

Acordei bem tarde na manhã seguinte e dei a primeira boa olhada no lugar. Havia muitos hotéis e bares, mas a maioria estava com as persianas fechadas. Vaguei por uma rua de asfalto coberta de areia, que me levou do hotel até uma praça deserta e, de lá, à praia.

A praia era fantástica. Quilômetros de areia amarela vazia, palmeiras ao longo da costa e... bom, o mar. O céu estava encoberto e o ar, um pouco úmido, mas isso não era motivo suficiente para fechar o lugar inteiro. Tudo me parecia ótimo. Era lindo. Eu poderia me divertir muito ali. Não havia absolutamente nada de errado naquele lugar. Tirando o fato de eu ser a única pessoa presente.

Passei um tempo caminhando de um lado para o outro na praia, mas não demorou muito até eu me entediar. Não era um tédio do tipo que dá vontade de bocejar, mas daquele tipo que faz a gente se perguntar por que está vivo. Eu me sentei na areia, fiquei olhando para o mar e dei uma boa examinada nas minhas emoções. Lá estava eu, em um lugar lindo, completamente calmo, relaxando depois de uma viagem longa e difícil, aproveitando meu merecido descanso sem ninguém para me dizer o que fazer, sem estresse, em um quarto de hotel confortável e barato e sem nenhum indiano me atacando. Mas, apesar de estar me sentindo mais relaxado, mais satisfeito e mais confiante do que já tinha me sentido desde que chegara à Índia, também estava mais triste do que nunca. Uma solidão absoluta tomava conta de mim e me dava a estranha sensação de que a minha vida toda era uma farsa e que eu era um bundão que, na verdade, não tinha nenhum amigo. Eu tinha recebido o que merecia. Isolamento e tristeza. Estava a milhares de quilômetros de qualquer pessoa que se importava comigo, e até as pessoas que se importavam comigo provavelmente não estavam nem aí, porque não faziam a menor ideia de onde diabos eu estava. Se eu morresse amanhã, ninguém ia dar a mínima. E quem podia culpar os outros por me odiarem, se eu era um ser humano egoísta, sem consideração e ignorante? Um bundão, um covarde e um fracassado?

Enquanto refletia sobre isso, comecei a detectar que uma sensação estranha e agradável estava começando a se esgueirar na minha infelicidade. Uma leve emoção masoquista tinha aparecido no meio da minha autocomiseração, tingindo a coisa toda com uma espécie de melancolia agridoce.

E quando tive uma visão de mim mesmo como se me enxergasse através de uma câmera de cinema, sentado ali naquela praia tropical, completamente sozinho, com a melancolia agridoce esculpida em meu rosto, de repente senti uma onda de alegria percorrer meu corpo. Eu era do cacete. Aquela cena toda podia fazer parte de uma propaganda de loção pós-barba. Aquilo era exatamente o que se deve fazer quando se tira um ano de folga. Era isso: aquele era o momento. Eu estava me encontrando.

De repente senti tamanho alvoroço que quase comecei a chorar, e aquela parecia uma reação estranha, porque não eram lágrimas de alegria, mas daquele tipo que faz a gente se perguntar por que está vivo. No mesmo instante, fiquei louco da vida comigo mesmo por ter estragado aquele grande momento com a ideia de chorar. Estar louco da vida estava apenas a um pulinho de voltar à depressão, à tristeza e ao ódio de mim mesmo.

Resolvi que aquele exame emocional era má ideia. Realmente, não ia me levar a lugar nenhum. Mas pelo menos eu tinha me encontrado, o que já era um bônus.

Passei uma semana em Goa, já que não tinha como encarar outra viagem, e gradualmente fui descobrindo que havia outros estrangeiros por lá. Mas nunca consegui chegar muito longe com nenhum deles. Nenhum era inglês, e todos pertenciam àquela geração levemente mais velha que, por alguma razão, despreza os estudantes. Conversei com todos eles, que, de modo superficial, foram bastante simpáticos, mas eu não podia deixar de sentir que tinham uma atitude condescendente em relação a mim.

Havia um grupinho de caras da Austrália que eram bem engraçados, mas todos tinham bem mais de 20 anos e um jeito machão de fazer amizade que me incomodava e intimidava. Eles também logo partiram do princípio de que qualquer pessoa com a minha idade tinha que ser imatura, e sempre via sorrisos de desdém em seus lábios enquanto eu falava, e isso realmente me irritava. Eu achava que não podia falar muito sobre o que eu tinha feito, porque todos eles estavam na estrada havia meses e tinham histórias maravilhosas para contar, com as quais eu não podia nem sonhar em competir: como eles tinham se perdido nas selvas da Tailândia com traficantes de heroína, como tinham lutado contra baratas do tamanho de gatinhos em uma prisão da Indonésia, ou como tinham feito a trilha toda do Everest de chinelo de dedo e uma camiseta.

Eles não tinham engolido nem um pouco aquela bobajada da Mãe Índia hippie, mas tinham passado pela Ásia toda agindo como australianos e, de modo geral, bebendo muita cerveja e dando risada. Apesar de eu não gostar deles, tinha que confessar que eram bem descolados.

Pela primeira vez, meio que fiquei desejando ter viajado mais. Eu nunca tinha sentido inveja dos outros estrangeiros que encontrava, porque a maioria deles era um bando de fracassados sociais muito transparentes. As pessoas que estavam com seus 30 anos e continuavam viajando pela Índia tinham desperdiçado a vida de maneira tão óbvia que não havia sobrado nada de que sentir inveja. E a maior parte dos estrangeiros parecia ou ter a minha idade ou ser da geração triste, maluca e barbada. Mas quando você cruzava com a geração das pessoas na casa dos 20 e tantos anos é que as coisas ficavam assustadoras. Havia algo neles que sempre me deixava com inveja. Quando estavam por perto, eu sempre me sentia meio criançāo. Não dava para relaxar ao conversar com eles, porque eu ficava sempre com medo de deixar escapar algum comentário bobo, ingênuo.

Houve uma noite em Goa em que realmente me diverti, quando um dos australianos quase começou a brigar com um hippie suíço. Já era bem tarde, e todo mundo estava bebendo havia horas no único lugar do resort em que dava para ficar bebendo: o Jimmy Hendrix Bar Experience. O suíço falava bem alto, tentando impressionar uma mulher que estava lá com a história sobre como ele tinha arriscado a vida tentando entrar no Tibete, mas que no fim tinha sido impossível.

Garth, um dos maiores australianos, o interrompeu com um tapinha no ombro.

— Ei... Calça Rosinha — disse ele —, será que você pode falar um pouco mais baixo? Estamos tentando fazer competições alcoólicas aqui do lado.

Com isso, todos os australianos riram... e eu também.

— O que é isso? — falou o suíço.

— É só uma coisinha, mas, (a) você está falando alto demais e (b) está falando merda.

— Não é merda coisa nenhuma, amigo. Passei um mês quase morrendo de fome em uma prisão de Golmud depois de tentar pegar carona para entrar no Tibete; isso não é merda.

— Olhe aqui, amigão, não quero me exibir, mas qualquer bundão com dois neurônios que mal se conectam sabe que a rota de Golmud está fechada há anos. Consegui entrar no Tibete há poucos meses, usando a rota do sul de Kashgar.

— Está falando merda. Pesquisei essa rota, e ela tem ainda mais barreiras policiais do que a de Golmud.

— Golmud tem toda uma economia que gira em torno dos turistas que querem fingir ter tentado entrar no Tibete, mas que nem se dão ao trabalho de tentar fazer alguma coisa perigosa. Qualquer pessoa que queira mesmo entrar lá vai por Kashgar.

— Bobagem. É evidente que quero entrar no Tibete, mas não dá para passar pela polícia.

— Não se você ficar sem fazer nada no conforto de Golmud e agir como se estivesse no meio de um pacote de viagem, fazendo tudo que a polícia manda.

— Golmud não é confortável!

— Se você fosse um viajante de verdade, usaria de um pouco de iniciativa e correria alguns riscos calculados. Peguei uma carona com um caminhoneiro que conhecia a localização das barreiras na estrada, e ele me fazia descer antes de cada um deles. Eu percorria o trecho a pé, dando a volta na polícia, e ele me pegava do outro lado.

— Isso não é possível. Demoraria semanas, e não tem nenhuma cidade para comprar comida.

— Pode ter certeza de que demora semanas, e sobrevivi comendo mingau, que compartilhei com o caminhoneiro, mas é possível. Se você quiser mesmo, tem jeito de entrar no Tibete.

— Você é um australiano idiota e mentiroso. Todo mundo sabe que o Tibete está fechado aos viajantes.

— Claro que está... oficialmente.

— Você está mentindo. Ninguém nunca ia deixar você ficar lá.

— Eu não disse que fiquei lá. Eu só disse que entrei lá.

— Foi até Lhasa?

— Claro.

— Está falando merda.

— É verdade, cara, então, porra, sugiro que você cale a boca e sente aí.

— Seu... seu... E suponho que também tenha ido a Burma, não foi?

— Por acaso, fui, sim. Atravessei a fronteira da Tailândia a pé. Passei duas semanas com os rebeldes das montanhas.

— Isso é fácil. Conheço centenas de pessoas que fizeram isso. Entrei a pé no Afeganistão e passei um mês com os mujahedin.

— Bom, parabéns, Sr. Calça Rosinha. Você é mesmo um herói.

— Não seja sarcástico comigo, seu idiota australiano.

— Quem você está chamando de idiota? Não fui eu que nem conseguiu entrar no Tibete.

— Se você acha que acreditei na sua história, então é *mesmo* idiota.

— Vá se foder.

— Não... vá se foder você.

— Não, vá se foder *você*.

Os dois passaram mais um tempinho trocando insultos, sendo que no final o Calça Rosinha passou a falar o alemão da Suíça, que é uma língua boa mesmo para xingar os outros. Eles estavam a instantes de começar a trocar socos quando um dos australianos arrastou Garth para longe, enfiou uma garrafa de cerveja fresquinha na mão dele e disse que ele devia tomar mais um pouco de ácido.

Depois de quase uma semana de semissolidão e tédio moderado, esbarrei em duas inglesas na praia; elas estudavam na universidade de Newcastle e estavam passando as férias de verão ali. Uma delas, chamada Claire, era meio feia, mas a amiga dela, Sam, era daquele tipo sexy que faz a gente se animar; além do mais, ela não tinha aquele jeito de ficar desdenhando dos homens. Ela sinceramente parecia não se dar conta de como era linda. Com o cabelo preto curto, os braços finos, a boca beijável e os olhos verdes brilhantes, não sei como ela não se apaixonava por si mesma cada vez que se olhava no espelho. Depois dos australianos desdenhosos, foi um alívio encontrar alguém mais ou menos da minha idade com quem dava para conversar... uma garota disposta a se sentar para ter uma conversa normal, que não girasse em torno da troca de relatos sobre situações de ameaça à vida.

Acontece que elas estavam hospedadas no resort vizinho havia quase duas semanas e se preparavam para seguir viagem rumo ao sul, até Kerala. Eu imediatamente entrei com uma meia mentira prudente e disse a elas que logo iria para o mesmo lugar. Não queria dar a impressão de que era um pobre infeliz e estava desesperado para me juntar a elas, mas a verdade era que eu simplesmente não conseguiria encarar mais uma grande jornada sozinho. Demonstrando apenas um leve entusiasmo em relação à ideia toda, elas concordaram em nos encontrarmos no dia seguinte para irmos comprar as passagens de trem. Não dava para saber exatamente o que tinham pensado, porque eu não tinha dado muito jeito de elas me dispensarem, mas eu estava bem certo de que poderia fazer com que gostassem de mim, se tivesse tempo suficiente.

O caminho de Goa até Kerala é longo, e resolvemos pegar um trem noturno até Bangalore, passar um tempo lá e depois seguir em frente quando estivéssemos prontos.

Nosso trem parou na estação de Margao no fim da tarde e estava marcado para chegar a Bangalore mais ou menos no horário do almoço do dia seguinte. Eu fiquei tão aliviado de estar em um trem com a proteção de outras pessoas que precisei lutar comigo mesmo para impedir que a alegria transparecesse. Se eu me mostrasse feliz demais por estar com elas, achei que ia parecer um tanto fracassado.

Eu me sentei na lateral do compartimento com Sam, e Claire ficou de frente para nós, no assento da janelinha, caindo lentamente no sono em cima do livro dela. Sam e eu começamos a conversar no momento em que o trem partiu, e depois de mais ou menos uma hora a conversa se tornou daquele tipo de "falar sobre a família" em que a gente sempre acaba inventando traumas para deixar a vida mais interessante. Descrevi como a pessoa que eu mais amava na vida era o meu irmão com síndrome de Down, e como ele era muito mais sensível às emoções humanas do que qualquer outra pessoa que eu conhecia. Ela falou sobre o namorado dela (que chatice) e depois sobre os pais e sobre como ela não conseguia deixar de sentir que o casamento deles estava passando por uma fase ruim, sendo que a mãe provavelmente estava tendo um caso. Assenti e soltei um grunhido ocasional de aprovação, tonto demais de tesão para oferecer qualquer comentário sensato. Quer dizer, se a *mãe* dela fazia esse tipo de coisa...

Depois de um tempo, a noite começou a cair, e a vista do trem ficou incrivelmente linda. Plantações de arroz infinitas se estendiam pelo horizonte, salpicadas de crianças, búfalos-asiáticos e agricultores. A cena estava banhada em luz suave e havia uma atmosfera maravilhosa de calma com aquelas pessoas terminando seu dia de trabalho e indo para casa. À medida que o trem passava lentamente por um vilarejo após outro, os campos de arroz iam se afastando em um quebra-cabeça infinitamente variado e lindo, com muitas crianças acenando para nós quando passávamos.

Sam tinha um walkman com fone duplo e colocou *Delicate Sound of Thunder*, do Pink Floyd, para tocar; ficamos ouvindo enquanto o sol se punha. Eu não tinha ouvido nada de música desde que saíra da Inglaterra, e a experiência toda, com aquela vista e com aquele álbum, era verdadeiramente elevadora. Enquanto as pilhas duraram, me senti como se estivesse me banhando na essência da vida.

Se você tivesse visto o que vi, saberia que a paisagem do interior da Índia foi planejada com a trilha sonora do Pink Floyd em mente. De verdade. Quando Deus desenhou aquelas plantações de arroz, estava com aquele estupor agradável de "Comfortably Numb" na cabeça.

Todo mundo já teve isso

Na nossa primeira manhã em Bangalore acordei bem cedo para tomar café, o que planejava fazer o mais devagar possível, para ter certeza de que estaria no refeitório quando Sam e Claire descessem. Assim poderia perguntar, como quem não quer nada, o que elas iam fazer e, com sorte, passar o dia com elas, tudo sem parecer carente demais.

Rios de outros viajantes entraram e saíram enquanto fiquei lá sentado com minha omelete e meu chá, esperando as duas garotas.

Estava quase na hora do almoço quando finalmente desisti. Todo mundo tinha desaparecido do hotel, então me preparei para um dia chato sozinho em Bangalore. Aí, quando estava saindo, esbarrei nelas.

— Por onde vocês andaram? — perguntei, parecendo mais ansioso do que era a minha intenção.

— Ah, nós acordamos cedo para ir até a estação de trem — disse Claire.

— Certo — respondi, com o coração de repente apertado.

— Vocês compraram passagens?

— Compramos — disse Sam. — Na verdade, não queremos ficar aqui.

Esperei que as duas me dissessem para onde estavam indo, mas nenhuma disse nada. Um silêncio longo se instalou.

Sam, piscando de acanhamento e até mesmo com um toque de compaixão, acabou falando primeiro.

— E você, o que vai fazer hoje?

— Só... vou dar uma olhada na cidade.

Apontei para a mochila no meu ombro, como se isso servisse para esclarecer o que eu queria dizer.

— Ah.

Mais um silêncio se instalou.

— Tchau — falei, e saí andando. Nem esperei pela resposta. À medida que me afastava, dava para sentir as duas lá paradas me observando. Eu não sabia se ia para a esquerda ou para a direita quando cheguei à rua, só queria sumir de vista, de modo que segui meus instintos e comecei a caminhar às cegas no meio da multidão.

De repente, eu não queria mais estar na Índia, não queria estar em Bangalore e não queria estar em nenhum lugar que passasse perto de Sam ou de Claire. Eu não tinha interesse em ver nada, nem em comprar nada, nem em comer nada. Queria estar em casa. Queria assistir à televisão. Queria comer torrada com Marmite, amigos, um sofá, o programa de futebol *Match of the Day*, grama verde, pubs, geada e uma cama com edredom.

Caminhei durante muito tempo sem nem prestar atenção para onde estava indo. No fundo, procurava um lugar onde pudesse me esconder da multidão e esquecer o quanto estava longe de casa. O resto do meu cérebro estava cheio com o pensamento de que ainda faltava um mês para o dia marcado para meu voo de volta. Um mês inteiro.

Foi um choque perceber que minha felicidade dependia de duas pessoas que eu nem conhecia. Não era o caso de que eu nunca mais poderia vê-las, nem que não soubesse para onde estavam indo. Elas iam para Kerala, e a primeira parada de todo mundo em Kerala era Cochin. Se eu quisesse, provavelmente até poderia conseguir um lugar no mesmo trem que elas. Mas elas tinham sido bem claras que queriam se livrar de mim. Isso significava que, se eu quisesse salvar meu orgulho, teria que passar pelo menos mais uns dois dias em Bangalore e tentar ignorá-las quando chegasse a Cochin. Eu não ia deixar de ir para lá... isso estava certo. Eu não ia deixar passar só porque *elas* não queriam me ver por perto... de jeito nenhum.

O que mais me desanimava era que eu achava mesmo que Sam tinha gostado de mim. A outra coisa que me desanimava era o fato de Bangalore ser um lixo. Ah, e também havia a pequena questão de eu estar totalmente de saco cheio do continente inteiro, com vontade de comer Marmite com torrada assistindo a um programa de esportes na TV embaixo de um edredom gelado em um sofá num pub de Londres.

No final, acabei tropeçando em um restaurante chamado MacSpeed. Enfiei minha cabeça pela porta e vi uma espécie de lanchonete do início da década de 1980, com cadeiras de plástico deterioradas aparafusadas no chão ao redor de mesas minúsculas de fórmica. Eu não via nada nem parecido com isso desde... bom, desde o início da década de 1980, e certamente ainda não tinha visto nenhum restaurante que servisse hambúrguer na Índia.

Deus obviamente estava zelando por mim e tinha feito o melhor possível para fornecer alimentos reconfortantes para o euzinho deprimido, solitário e com saudade de casa. Pedi um hambúrguer de carneiro e batata frita (obviamente, não tinha carne de vaca), com uma Coca-Cola para acompanhar e sorvete para depois. Nem pensei em me preocupar com o tipo de água que poderia ter no sorvete. Eu estava dando um prazer a mim mesmo e comeria exatamente aquilo de que precisava para me animar.

Era a primeira vez que eu comia carne em semanas, e o sabor dela parecia absolutamente delicioso, assim como as batatinhas, a Coca-Cola (apesar de deixar um gostinho de amônia na boca) e o sorvete. Se eu fechasse os olhos, quase podia imaginar que estava em casa.

Eu já tinha comido três quartos do meu hambúrguer de carneiro quando me ocorreu que tinha viajado mais de 3 mil quilômetros por todo o país e ainda não tinha visto nenhum carneiro. A pergunta "que animal tinha sido moído para produzir meu hambúrguer" de repente se transformou em mistério urgente. Seja lá o que fosse, não era carneiro, e quase com certeza não era vaca. Era difícil pensar precisamente que variedades de carne vermelha com potencial para virar hambúrguer ainda existiam.

Porco? Não. Com certeza não tinha gosto de porco.

Bode? Possivelmente. Havia muitos bodes em todo lugar.

Cachorro? Não. Cachorro, não. Por favor. Cachorro, não.

Deixei o restante do hambúrguer no prato. Terminei as batatinhas e lavei a boca toda com a Coca-Cola com gosto de amônia.

No caminho de volta ao hotel, uma coisa curiosa aconteceu. Eu estava caminhando pela rua, sentindo uma certa ansiedade em relação à minha refeição, quando de repente me vi vomitando na sarjeta.

Depois de ter esvaziado o estômago, me levantei e olhei ao redor, todo preocupado, para ver se alguém tinha notado. Alguns metros rua abaixo, um *sadhu* bem magro com dreadlocks grisalhos meditava no chão. Do outro lado da rua, um homem totalmente ensaboado tomava banho com um balde de água e, bem na frente dele, outro homem que tentava transportar enormes feixes de aço no lombo de dois burros discutia com um vendedor de mangas que se recusava a tirar sua pilha de frutas do meio do caminho dele.

Um ocidental vomitando no meio da rua aparentemente não se destacava. Ninguém parecia ter notado ou ter se importado com o que fiz, a não ser um cachorrinho que se aproximou e começou a lamber a poça aos meus pés. Enxuguei a boca com a manga da camiseta e, deixando o hambúrguer para trás, para o cachorro canibal, prossegui até o hotel, com uma parada no caminho para comprar uma garrafa de água mineral.

Naquela noite, eu estava no banheiro, dando uma mijada antes de ir para a cama, quando deixei escapar um peido e senti uma sensação estranha na cueca. Minha roupa de baixo de repente ficou mais pesada. A isso se seguiu a sensação de uma bolha quente e molhada escorrendo pela parte de trás da minha coxa. Ao perceber o que tinha acontecido, travei meu esfíncter com toda a força e deixei o resto do meu xixi pingar. Quando a minha bexiga estava vazia, o cocô em miniatura já tinha alcançado a parte de trás do meu joelho.

Com um salto meio agachado e meio cambaleante, saí correndo do banheiro e fui para o quarto, no andar de cima. Depois de tirar a roupa e jogá-la no chão, entrei no chuveiro e esfreguei meu corpo todo. Então peguei algumas das roupas mais sujas da pilha e lavei no chuveiro. Quando eu tinha feito passar a maior parte do cocô solto pelo ralo, pendurei as peças para secar, de modo que parecessem respeitáveis o suficiente quando eu as entregasse para a lavanderia do hotel na manhã seguinte.

Mais tarde naquela noite, fui acordado de um sono profundo com alguém acelerando um carro de fórmula-1 dentro do meu intestino. Demorei alguns segundos para perceber o que estava acontecendo, antes de sair correndo para o banheiro e cagar como eu nunca tinha cagado antes.

Não sei se você já viu uma máquina lançadora de bolas de críquete, mas elas funcionam com dois pneus pequenos colocados horizontalmente um perto do outro, rodando com rapidez extrema na mesma direção. Uma bola de críquete rola na direção dos dois pneus, então fica presa entre eles e é lançada a 150 quilômetros por hora. Bom, imagine o que aconteceria se você ajustasse a máquina para a velocidade máxima e então despejasse esterco de vaca nela. Essa foi a única maneira que encontrei para descrever minha nova experiência de cagar.

Depois desse arroubo repentino de cocô com propulsão atômica, senti um fedor rançoso e ácido subir por entre os meus joelhos. Bem quando meu nariz começou a se contorcer de repulsa, percebi que meu cu estava pegando fogo. Eu não ia conseguir ficar muito mais tempo agachado sem os joelhos reclamarem, de modo que me apressei em usar o método indiano de limpar a bunda: passar água na pele sensível do ânus.

Só quando voltei para a cama, depois de passar pelo menos dez minutos lavando as mãos, comecei a perceber que meu estômago estava em agonia. Parecia que alguém o tinha confundido com um pano molhado e estava tentando torcer para secar. Depois de ficar me contorcendo um pouco, nu na cama, senti outro alarme de chamado emergencial e corri de novo para a privada. Da porta, percebi que não seria possível me aproximar o suficiente da porcelana para acertar o alvo sem pisar em respingos do meu cocô, que se espalhava por todos os lados. Mas havia pouco tempo para frescura, e certamente não daria para calçar sapatos, de modo que encarei a imundice, tentando colocar meus pés sobre as pegadas que eu tinha deixado.

No segundo em que me agachei, ouvi um som estranho de água corrente vindo de trás de mim. Tive um pensamento fugidio de: "O que é isso? Quem poderia estar enchendo uma banheira a esta hora da noite?" Então percebi que era eu. Meu cu entorpecido tinha se transformado em uma torneira.

Quando o jorro de líquido cessou, desabei para a frente e pressionei a testa contra a parede. Ainda agachado, soltei alguns grunhidos e tentei avaliar se meu esfíncter bêbado já tinha fechado ou não. Era difícil saber com certeza, mas fiquei com a impressão de que, mesmo que já tivesse, seria tão eficiente quanto uma portinhola de gato em uma represa.

Quando fiquei com dor demais por estar agachado, me ergui, enxaguei as pernas e os pés no chuveiro e cambaleei de volta para a cama. Eu sabia que era importante não ficar desidratado, e como tinha acabado de cagar mais água do que me lembrava de ter bebido na última quinzena, obriguei-me a engolir o meio litro restante de água mineral da garrafa que eu tinha comprado naquela noite.

Senti o líquido escorrer para dentro da minha barriga e percebi no mesmo instante que não era bem-vindo. Depois de uma cãibra de estômago, corri de volta ao banheiro, bem a tempo de lançar um projétil de vômito contra a parede do chuveiro. Mesmo depois de toda a água ter saído, meu estômago continuava a ter contrações, o que me fazia tentar vomitar o vazio.

Depois disso, eu já não tinha mais força para voltar para a cama. Então liguei o chuveiro, esperei até o grosso do vômito escorrer pelo ralo e fiquei debaixo do jato d'água. Eu me posicionei de modo a não precisar me preocupar com o estado debilitado da minha portinhola de gato e poder simplesmente deixar que qualquer vazamento fosse direto para o ralo.

Àquela altura eu já não tinha mais noção de tempo, mas quando tive certeza de que meu corpo estava totalmente drenado, rastejei de volta para a cama e caí no sono.

Fui acordado por vozes no corredor. Assim que meus olhos se abriram, senti a dor retornar à minha garganta, ao meu estômago e ao meu cu, mas sabia que aquelas vozes eram a minha única chance de contato com o mundo externo, de modo que me ergui na cama e revirei a mochila em busca de uma calça. Assim que vesti algo, saí apressado ao corredor.

— Olá! Olá! — falei com a voz rouca enquanto o som ia sumindo escada abaixo. — Olá!

Um silêncio se instalou por um ou dois segundos, e então vi uma cabeça reaparecer.

— Pois não. Olá?

— Por favor! Volte aqui! Estou doente! — pedi, apoiando o peso do corpo no batente da porta,

— O que aconteceu? — perguntou ele.

— Estou passando mal! Não consigo andar! Preciso de água!

— Qual é o problema?

— Tudo. Estou cagando, vomitando...

— O de sempre, então.

— Acho que sim.

— Quer que eu compre um pouco de água, é isso?

— Por favor. Obrigado. Eu ficaria muito agradecido. Vou pegar dinheiro.

Cambaleei para dentro do quarto e voltei com algumas notas. Vi o início de um sorriso nos cantos da boca dele enquanto me observava tentando andar.

— Está doendo? — perguntou.

— Está sim. Meu cu está destruído.

Ele riu e me deu um tapinha nas costas.

— Ei, todos já passamos por isso.

— É uma agonia do cacete.

— Não é não. Espere só para ver. Se for intoxicação alimentar, você tem uma chance de melhorar daqui a alguns dias. Mas se for disenteria, você vai piorar. Aí vai saber o que é dor. Se for disenteria bacilar, fica com isso uma semana. Se for amebiana, está fodido.

Ele me deu mais um tapinha nas costas.

— Você já teve disenteria? — perguntei.

— Claro que sim. Todo mundo já teve isso.

— E como foi?

— Foi ruim, cara. Bem ruim.

— Qual você teve? A amebiana ou... aquela outra?

— Eu tive as duas ao mesmo tempo, e foi foda. Ainda assim, isso não é agonia. Agora, malária, por outro lado... Espere só até ter malária. Isso, sim, é um saco. Peguei no Nepal e fiquei tão fodido que nem consegui sair para procurar um médico, então tive que tomar cloroquina e torcer pelo melhor.

— É isso que se deve fazer? Quer dizer... se eu...

— Não sei. Não sou especialista, mas dei uma olhada na embalagem e vi que tinha quinina, então eu tentei.

— Como assim?

— Bom, tomei quatro no primeiro dia e depois aumentei o número em um por dia até me sentir melhor.

— Q-q-q-quanto tempo demorou?

De repente, parecia que eu tinha esquecido a minha própria dor. Eu estava transfixado.

— Uns dez dias.

— Mas aquilo supostamente não faz o seu cabelo cair e transforma você em um psicopata?

De repente ele pulou no ar, agitou as pernas, colocou a língua para fora, sacudiu e tremeu as mãos em cima da cabeça. Foi uma visão aterradora, e quase senti que ia vomitar de novo.

— Não aconteceu comigo, estou bem — guinchou ele com voz de louco.

Engolindo em seco de alívio, percebi que ele estava brincando, e meu pulso voltou ao normal. Forcei uma risadinha fraca para indicar que ele podia parar de pular daquele jeito.

Quando ele parou, voltou a falar com a voz normal.

— Ei... mas nem a malária é o fim do mundo. O pessoal daqui vive com isso.

— Certo.

— E morre disso! — Ao dizer essa frase, ele se dobrou ao meio de tanto rir.

No final, quando se acalmou o suficiente para conseguir falar, ele disse:

— Anime-se, cara. Você só está com uma diarreiazinha. Não é nada. Beba água e você vai ficar bem. Pelo menos não tem isto aqui.

Ele ergueu a perna da calça e me mostrou uma marca profunda de aspecto bem feio esculpida na pele, bem ao lado do osso da canela.

— O que é isso?

— É de um verme que vive em água suja. Ele entra por algum cortezinho na sua pele ou até mesmo pela ponta do seu pau, então cresce dentro de você até ficar bem grande e fica morando dentro das suas... como é o nome disso mesmo?

— Veias?

Fiquei tonto.

— Veias. Exatamente isso. Quando o verme fica grande, você sente dor, mas não há sinal dele na superfície, e ninguém sabe dizer o que há de errado com você. É preciso ficar de olhos abertos e, se você perceber um caroço que se mexe perto da pele, é preciso cavucar com uma agulha até achar a cabeça do verme.

Não pode puxar para fora de uma vez porque ele se quebra, e pior do que ter um verme vivo dentro de você é ter um morto. Então precisa enrolar a cabeça em volta de um palito de fósforo e puxar uma volta por dia para fora, até que o verme todo esteja enrolado ao redor da sua perna.

Meus joelhos amoleceram, e senti uma tontura que escureceu minha visão. Eu me agarrei com mais força ao batente da porta e tentei não escutar.

— Se o verme chegar ao seu coração, pronto. Fim. Paf! Eu tive sorte. Consegui tirar da minha perna.

Nós dois admiramos o buraco na panturrilha dele por um segundo. Senti a força retornar às minhas coxas e minha visão periférica começou a se recuperar.

— E isso é sorte?

— Claro que é.

— Algum dia vai sarar?

— Um dia, espero que sim. Mas vai ficar uma cicatriz.

— Que bom.

— Ãh?

— Você vai ter algo para exibir pelos seus esforços e tal.

— Ah, não. Guardei o verme. Se precisar provar para alguém, vou poder mostrar.

— Você carrega o verme para todo lado com você?

— Não, não seja bobo. Mandei pelo correio para a casa dos meus pais.

— E eles estão guardando para você?

— Pedi para a minha mãe fazer uma conserva com ele, mas acho que ela não está muito a fim.

— Que coisa estranha.

— É. Olhe, meus amigos estão esperando. Você quer que eu traga água?

— Por favor. Seria ótimo.

— Quer um pouco de comida?

— Não. Não consigo comer.

— Devia comer.

— Não consigo.

— Vou trazer banana. Quando você se sentir mais forte, precisa comer arroz cozido.

— Eu não conseguiria comer.

— Eu volto logo. Vá para a cama.

— Obrigado. Você é muito bondoso. Salvou a minha vida.

— Não acho que esteja assim tão ruim.

— Não, de verdade. Obrigado. Estou muito agradecido. — Senti meus olhos se umedecerem, e meu peito se encheu com uma pressão que queria se transformar em soluço.

O sujeito colocou a mão no meu ombro.

— Vai ficar tudo bem com você — disse. — Ah, qual é o seu nome?

Respirei fundo e falei com voz aguda e trêmula:

— Dave, sou da Inglaterra. E você?

— Igor Boog, de Deft, na Holanda. — Ele sorriu para mim e deu um leve apertão no meu ombro. — Vai ficar tudo bem com você, Dave. Volto logo.

— Obrigado. De verdade... obrigado.

— Tudo bem.

Quando ele se afastou, com as sandálias estalando nos calcanhares, gritei para ele:

— Obrigado, Igor.

Ele riu e ergueu a mão para mim sem se virar para trás.

— Tenha coragem, Dave — disse, então desapareceu pelas escadas, dando risadinhas.

Durante a semana seguinte, mal saí do quarto. Igor dava uma passada todo dia de manhã para me levar água, bananas e, depois de alguns dias, arroz cozido. Ele ficava comigo enquanto eu comia e me animava com histórias sobre doenças que deixavam as pessoas aleijadas e à beira da morte.

Perto do fim da semana, bem quando mandei ver meu primeiro ovo cozido, Igor me disse que já tinha ficado uns dois dias a mais em Bangalore do que o planejado e que agora que eu estava melhor ele seguiria viagem.

Senti vontade de chorar de novo.

— Tudo bem — falei.

— Eu preciso ir, Dave. Não tem mais nada para eu fazer em Bangalore.

— Tudo bem. Obrigado por tudo, de todo modo. Eu não teria sobrevivido sem você.

— Acho que teria sim.

— Você salvou minha vida.

— Nem era disenteria, sabe?

— Eu sei, mas eu simplesmente estava tão cheio de tudo, e... Quer dizer, eu ainda estou cheio de tudo, mas pelo menos agora tenho forças para andar.

Por algum motivo, isso fez com que ele risse.

— Você precisa ser mais positivo, cara. A Índia é um país maravilhoso.

— Eu sei, eu sei.

— É o melhor lugar do mundo.

— Depois da Inglaterra.

— Você devia tentar viajar pela África. Na África tem uma mosca que bota os ovos em roupas úmidas. Quando os ovos sentem o calor da pele, eles se transformam em umas minhoquinhas que entram na sua pele e começam a crescer dentro de você. Só dá para tirar com vaselina...

— Por favor, Igor. Hoje eu não estou a fim.

— Só estou tentando animar você.

— Eu sei, é só que... estou me sentindo meio fraco. Realmente vou ficar sozinho quando você for embora. Tenho umas amigas em Cochin, mas agora nunca vou conseguir alcançá-las, e no momento tudo está meio que uma merda.

— Dave... você estava doente, mas agora está melhor. Então, fique feliz.

— Você tem razão.

— Não vou mais estar aqui para lhe contar histórias engraçadas, então é melhor você assumir uma atitude positiva.

— Tem razão.

— Agora você vai ter que se virar sozinho.

— É. E obrigado por tudo. Quer dizer... por ficar para trás para me ajudar. A maioria das pessoas não são bondosas o suficiente para... Quer dizer, elas não... e você... você... — Eu tive que parar, ou teria me desmanchado em lágrimas.

Igor apertou o meu braço, e comecei a soluçar.

— Vamos lá, você é um cara durão — disse ele.

— Desculpe. Não era a minha intenção. Só estou grato, nada mais.

— Ei... não foi nada. Qualquer pessoa teria feito a mesma coisa. — Ele me deu um canto do lençol para eu enxugar o rosto.

— Você é muito gentil.

— Não tem problema. De verdade.

Ele sorriu para mim, obviamente tentando calcular se eu tinha me acalmado o suficiente para ele cair fora.

Enquanto eu tremia, ele deu um tapinha na minha perna por cima do lençol e olhou para a porta.

— Eu quero ir para casa, Igor. EU QUERO IR PARA CASA!

Ele ficou de queixo caído.

— Logo você vai melhorar. Só precisa voltar a ficar forte.

— EU QUERO IR PARA CASA!

— Então vá. Se quer ir para casa, pode ir.

— Não posso.

— Pode, sim.

— Não posso. Ainda faltam três semanas para a minha passagem.

— Então troque.

— Não posso.

— Pode, sim.

— Não posso. Ela é... como chama mesmo?

— Apex.

— É isso aí.

— Você pode trocar sim. Só precisa pagar.

— Não posso.

— Por quê?

— Simplesmente não posso.

— Por quê? Você não tem dinheiro?

— Não sei.

— Quanto dinheiro você ainda tem?

— Umas 500 libras.

— Quanto é isso? Uns 700 dólares?

— Acho que sim.

— Então você pode voltar para casa. Mesmo que você compre uma passagem nova, tem o suficiente para voltar para casa.

— Mas eu não posso.

— Por que não?

— Porque não.

— Porque não o quê?

— Só porque não.

— Por quê?

— Porque é vergonhoso.

— Aaahh, então é isso. Se você for para casa antes, vai sentir que desistiu.

— Exatamente.

— Vai se sentir como se não tivesse passado no teste.

— Já consegui ficar mais de dois meses... quase terminei. É uma estupidez desistir agora.

— Isto aqui não é para ser um teste de força, sabe?

— O que é, então?

— Férias?

— Não são férias. É uma viagem. As duas coisas são completamente diferentes.

— Bom, então por que você não fica e tenta transformar isto em férias? Assim você vai se divertir um pouco. Vá para um desses resorts idiotas onde as pessoas ficam sem fazer nada na praia e esquecem que estão na Índia. Por que você não passa o resto do tempo na praia, em Goa?

— Acabei de vir de Goa.

— Tem outros lugares que são iguais. Você pode ir para Kovalan. Ou para Ajmer.

— É onde eu estava antes de Goa.

— E agora você está farto da Índia?

— Estou.

— Mas parece que você não viu nada do país.

— Não estou nem aí. Estou cansado da Índia.

Pela primeira vez desde que eu o havia conhecido, Igor ficou em silêncio.

— Você acha que sou idiota — falei.

Ele deu de ombros.

— Acha, sim. Você acha que sou idiota.

— Não idiota. Só novo. Novo demais.

— Para quê?

— Para este país.

— Existem indianos muito mais novos do que eu.

Ele riu.

— Mas eles moram aqui.

— E daí?

— Dave... preciso ir.

— Certo.

— Estou indo agora.

— Então vá.

— Tchau, Dave. Tudo de bom.

— Tchau. E obrigado.

— Divirta-se, OK?

— OK.

Ele saiu do quarto e fechou a porta sem nem olhar para trás, para mim. Parecia uma pena nos despedirmos assim, mas eu realmente não podia fazer nada. Não queria ser abandonado mais uma vez e achei difícil ser magnânimo.

Depois de ficar olhando para a porta fechada durante algumas horas, resolvi que era o momento de sentir um gostinho do mundo lá fora. Demorei um pouco para localizar os sapatos, que estavam ao lado da privada, onde eu os havia tirado uma semana antes.

Com as pernas bambas, percorri o corredor, atravessei o lobby do hotel e saí ao sol brilhante de cegar.

Muito educativo

Atravessei a rua com passos incertos. Depois de uma curta caminhada fiquei tão cansado que me sentei no meio-fio para descansar. Aquele era um bom local para ver o mundo passar, e a mim logo se juntou um homem meio velho, que veio se sentar ao meu lado.

— Você acreditaria se eu lhe contasse que, antes da divisão, a maioria dos meus companheiros de jogo eram cidadãos britânicos? — perguntou ele.

Ele parecia ser meio que um velho bem pentelho, e normalmente eu o teria ignorado, mas pelo menos dessa vez fiquei feliz de ter alguém com quem conversar e tentei pensar em uma resposta simpática.

— É mesmo? Isso é... hum, impressionante — falei.

— Ah, mas com toda a certeza. Johnny, Peter e Freddie eram os nomes dos meus três amigos mais próximos. Claro que todos partiram depois de 1947.

— Todos?

— Divisão, meu camarada. Muitas pessoas boas debandaram com grande rapidez.

— Que coisa terrível. E... hum, por que você tinha tantos amigos ingleses?

— Britânicos, meu garoto. Não se pode esquecer de nossos compatriotas da Caledônia. Freddie era escocês, veja bem.

— Ah, sei. Mas por que todos eram...?

— Meu amado falecido pai, que Deus o tenha, era um pilar da Igreja. E eu, por minha vez, fui afortunado de seguir seus passos. Você é cristão?

Considerei dizer a ele que era torcedor do Arsenal, mas achei que o mais educado seria mentir.

— Sou.

— I da I?

Não consegui me lembrar muito bem o que queria dizer I da I, mas era óbvio que ele queria que eu dissesse que sim, então assenti.

— Maravilha. Que coincidência feliz. Permita-me apresentar-me... Charles A. Tripathi Jr.

Ele apertou a minha mão.

— Meu nome é Dave. David.

— Encantado em conhecê-lo. Toma chá?

— Hum... acho que sim.

— Venha à minha casa. Não é bom ficar sozinho.

Eu não sabia se isso se referia a mim ou a ele, mas obedeci e o segui pela rua. Ele virou em uma rua menor, caminhando alguns passos à minha frente sem fazer esforço nenhum para conversar.

Bem quando eu estava começando a sentir que não ia conseguir ir muito mais longe, chegamos a uma casinha de concreto. Ele parou à porta e me fez entrar.

Quando entrei, ocorreu-me que era a primeira casa que eu visitava desde que tinha chegado à Índia. Fiquei surpreso de ver como se parecia com uma casa inglesa: aparelho de TV no canto, algumas cadeiras, tapete, quadros na parede. Tudo parecia bem normal, mesmo.

— Sente-se, por favor — disse ele, apontando uma cadeira. — Sinta-se à vontade para examinar a literatura. — Ele apontou para uma pilha de panfletos em cima de uma mesa de centro e saiu da sala.

Escutei quando ele começou a berrar coisas em hindi, de modo que peguei um panfleto e comecei a ler. Por causa das cores e da letra, parecia que tinham sido impressos na década de 1970. Na parte da frente dizia *Missão Cristã do Sul da Índia: Introdução*, e logo abaixo vinha um monte de texto que eu não me dei o trabalho de ler, de modo que abri e encontrei três imagens em três páginas, cada uma com uma legenda grande no alto. À esquerda estava escrito "CONHECIMENTO", acima da imagem de um velho sábio com barba branca; no meio lia-se "BELEZA", acima da imagem de uma borboleta; e à direita, "FORÇA", acima da imagem de uma nuvem de fumaça de explosão nuclear em forma de cogumelo.

Eu estava no processo de recolher o meu queixo de cima da mesinha de centro quando Charles voltou com uma criança vestida com roupas esfarrapadas. Ele gritou alguma coisa para o menino, que começou a varrer embaixo dos meus pés com um monte de gravetos amarrados. Sob outro comando, o menino saiu correndo da sala.

— Chá e bolo virão em breve — disse Charles.

Ele continuou em pé e ficou pairando em cima de mim todo nervoso, enquanto eu ficava lá sentado na cadeira com o panfleto na mão, tentando pensar em algo para dizer.

Depois de um tempo, umas sete crianças, todas bem-vestidas, irromperam na sala, empurrando e se acotovelando umas contra as outras para poderem olhar bem para mim sem chegar muito perto.

— Estes são os meus netos. E, se você não se importa, eles queriam o seu autógrafo.

— O meu autógrafo?

— Exatamente. Uma amostra da sua caligrafia será algo muito educativo.

Eu não tive coragem de dizer para ele que a minha letra era péssima desde os 10 anos, e que de lá para cá só tinha piorado. Ele me entregou uma caneta e disse alguma coisa em hindi para eles. Um por um, eles se aproximaram de mim e me deram um pedaço de papel. Eu escrevi o meu nome e uma mensagem curta para cada um deles, com a melhor letra que consegui, e dei um tapinha na cabeça de cada criança.

As crianças então marcharam para fora da sala e correram para a rua dando risada.

— Você é um homem muito gentil — disse Charles. — Já dá para perceber. Acima e além das suas obrigações... este é o seu lema.

— Hum... acho que é.

— E também é modesto, é claro. A educação inglesa continua sendo a melhor do mundo, fico contente de ver.

— Disso não tenho certeza, sabe?

— Vamos, vamos. Você já expressou sua opinião. Escola pública ou escola particular, nem quero saber qual. Você tem a marca de um cavalheiro estampada no rosto.

— Muito obrigado. E permita-me dizer o mesmo a respeito do senhor.

Cristo! Eu estava começando a falar igual a ele.

— Eu faço o possível. Faço o possível.

A essa altura, uma velha entrou carregando uma bandeja de chá e alguns bolinhos tão esquisitos que faziam os meus dentes doerem só de olhar. Ela colocou a bandeja na minha frente e se posicionou à porta.

— Minha esposa — disse Charles.

— Prazer em conhecê-la — falei, acenando de leve.

— *Namastê* — respondeu ela, assentindo e sorrindo.

Assenti e retribuí o sorriso, então ela saiu.

Depois disso, Charles e eu fomos ficando lentamente sem assunto. Tentei fazer perguntas sobre a família e o trabalho dele, mas não consegui arrancar muita coisa. Ele só dava respostas curtas e sem jeito, como se as minhas perguntas fossem grosseiras ou chatas. Eu sabia que essa era a minha grande chance de descobrir como realmente era ser indiano, mas de algum modo não consegui ir muito longe.

Quando todas as minhas tentativas de conversa tinham caído por terra, ele assumiu o comando e me castigou com as perguntas de sempre sobre trabalho / casamento / casa. Depois me bombardeou com um monte de merda infinita e sem sentido sobre a posição dele na Igreja e a Missão do Sul da Índia. Era impossível ir embora, e só consegui sair da casa dele quando já estava subindo pelas paredes de tédio.

Apesar de não termos conseguido conversar exatamente, e de eu ter passado a maior parte do tempo querendo me matar de tanto tédio, senti que aquela visita foi um divisor de águas importante e positivo. Eu realmente tinha entrado em uma casa indiana. Tinha entrado, tinha me sentado e tinha conversado com um indiano de verdade.

Ao longo de toda a minha estadia de dois meses, eu tinha me sentido atraído por vislumbres ocasionais dentro da casa das pessoas e sempre tinha imaginado como seria realmente lá dentro. Antes, eu não tinha conseguido passar de dar só uma olhada através de uma janela ou porta, mas agora eu realmente tinha rompido a barreira. Eu tinha visto a Índia de verdade. Eu tinha descoberto como as pessoas viviam.

De repente, todas as outras coisas que eu tinha feito na Índia pareciam totalmente superficiais. Eu só ficava sem fazer nada em hotéis e conversava com outros estrangeiros. Eu estava desperdiçando o meu tempo. Igor tinha razão: na verdade, eu não tinha visto *nada*. A partir de agora, decidi, as coisas seriam diferentes. Eu iria ficar sozinho. Eu não ia procurar outros ocidentais para me esconder. Ia fazer um esforço para conversar com os indianos. Ficaria amigo deles e tentaria entrar na casa deles. Eu me transformaria em um viajante de verdade.

A Índia faz isso com a gente

Naquela noite, fiz minha primeira refeição propriamente dita desde o hambúrguer de cachorro. Alguns meses antes, seria improvável que eu descrevesse lentilhas molengas largadas em cima de um bolo de arroz empapado como uma refeição propriamente dita, mas, no contexto, essa era a coisa mais desafiadora que meus intestinos tinham encarado em um bom tempo.

Depois de alguns resmungos de objeção, senti meu estômago aceitar com relutância a carga de trabalho extra. A comida já não parecia mais flutuar dentro de mim, pronta para se lançar para fora da minha boca sem dar aviso prévio, mas de fato se assentou e deu a impressão de estar disposta a ser digerida. Se eu conseguisse estender o tempo de permanência a mais de dez minutos, talvez conseguisse extrair benefícios suficientes dos alimentos para recuperar um pouco de força.

Depois de comer o máximo que eu fui capaz de fazer descer, examinei o refeitório do hotel em busca de alguém para conversar. Tinha gente entrando e saindo, mas eu não podia deixar de sentir que todo mundo estava me ignorando. Fiquei lá sentado durante pelo menos uma hora, desesperado para achar alguém com quem conversar, mas sempre que eu cruzava o olhar com alguém, a pessoa desviava antes que eu tivesse oportunidade de dizer qualquer coisa.

Aquilo me pareceu extremamente intrigante, até que me vi em um espelho. Eu parecia um daqueles esqueletos em coma que tinha visto no meu primeiro dia em Delhi. Minhas bochechas estavam fundas e cobertas com barba felpuda por fazer, meus olhos estavam mortos, meu cabelo estava seboso, e minha boca amarga estava curvada para baixo. Eu parecia péssimo. *Eu* teria fugido de mim.

Fui para a cama e fiquei olhando para o nada durante algumas horas.

Eu realmente tinha me transformado em um morto-vivo.

Apesar da minha "refeição", dormi a noite toda sem nenhuma visita emergencial à privada e acordei na manhã seguinte decidido a me encher de comida até voltar a ter a aparência de um ser humano.

Ainda não tinha confiança de que comida engordurada ou temperada ficaria no meu estômago, de modo que comi quatro ovos cozidos e dois *chapatis* no café da manhã e saí para realizar minha missão de fazer amizade com o subcontinente.

Caminhei sem rumo durante um tempo, sorrindo para todo mundo, mas parecia que isso não animava ninguém a conversar comigo. Lembrando-me de que eu parecia um religioso fanático, amenizei um pouco os sorrisos, mas as pessoas continuavam me evitando.

Desanimado, entrei no restaurante mais movimentado que consegui encontrar para almoçar. Sentei ao lado de um homem de aparência solitária, sorri para ele e disse oi. Ele pegou a bandeja de comida dele e foi para outra mesa, parecendo levemente assustado.

Isso representava um novo patamar de baixeza. Ser abandonado por outros estrangeiros era uma coisa, mas ser dispensado por indianos... isso era o fundo do poço. Desesperado, de volta ao hotel, tentei dar início a uma conversa com o garoto que varria o chão. Ele saiu correndo.

A única coisa que me restava fazer era escrever um cartão postal.

Queridos mamãe e papai,
Agora estou em Bangalore — a capital moderna e industrializada de Kamataka. É uma cidade relativamente agradável e parece mais próspera do que a maioria das outras cidades que visitei. Mas ainda não conheci muita coisa porque passei a última semana muito doente e não saí do quarto do hotel. Só agora consegui começar a andar de novo e hoje saí para o meu primeiro passeiozinho. Parece que perdi muito peso, mas tenho certeza de que vou acabar recuperando. Continuo com saudade de vocês e sentindo uma solidão terrível, mas todas as minhas ideias sobre viagens mudaram, e agora estou decidido a ficar sozinho até o fim do meu tempo aqui. A viagem não deve ser a respeito dos outros viajantes — tem a ver com a Índia e os indianos. Se você quiser se encontrar neste país, precisa se perder. Este é meu próximo passo. Realmente, estou aprendendo muito.

com amor,
Dave

Depois de terminar o cartão-postal, percebi que se ninguém mais estivesse a fim de conversar comigo, o recepcionista do hotel seria obrigado a me dirigir a palavra. Era o trabalho dele, pelo amor de Deus. Eu estava pagando por um quarto no hotel dele. Se eu o encurralasse no balcão da recepção, ele não teria como fugir, e com certeza eu conseguiria arrancar uma pequena quantidade de conversa dele.

Depois de esperar até que ele tomasse seu lugar atrás do balcão, tratei de desferir um ataque surpresa.

— Olá — falei.

— Olá, senhor.

Não consegui pensar em mais nada a dizer.

— Está tudo bem? — perguntou ele.

— Tudo certo, obrigado. Está, sim.

Eu continuava sem conseguir pensar em nada. Daí me veio uma ideia.

— Está calor hoje.

— Está. Muito calor. Menos calor do que o normal, é claro. Mas calor.

Eu estava prestes a desistir quando um indiano entrou, com um lenço de algodão amarrado ao redor da cabeça e do pescoço, também cobrindo a metade do rosto. Ele se aproximou do balcão e pediu um quarto com um sotaque pesado do sul de Londres. No minuto em que escutei aquela voz, percebi quem era:

— Ranj! — berrei.

Ele deu meia-volta e olhou para mim, todo desconfiado. Depois de alguns segundos, vi quando ele me reconheceu e arrancou o lenço da cabeça.

— Dave! É você?

— Claro que sou eu.

— Mas o que aconteceu com você, porra?

— Estou preso aqui. Fiquei um pouco doente.

— Você está péssimo. Sua aparência está uma merda.

— Valeu, cara.

— Eu mal o reconheci. Meu Deus... Você já se pesou?

— Não.

— Foi ao médico?

— Não. Não preciso. Estou me recuperando.

— Caralho. Que bom saber, cara. Você parece completamente fodido.

— Vou dizer, fico feliz de encontrar você.

— Eu também, cara. Eu também. Onde está... como ela chama mesmo? Aquela bonitinha.

— A gente se separou. Diferenças irreconciliáveis e tudo mais.

— Ela largou você, então.

— Mais ou menos. Nós só... começamos com o pé esquerdo mesmo, nem consigo me lembrar direito como, mas acabamos nos odiando.

— Que má notícia, cara. A Índia faz isso com a gente.

— A gente sempre se deu bem na Inglaterra.

— Eu também. Eu sempre me dei bem com a minha família na Inglaterra. Agora todo mundo quer me matar.

— Você fugiu de novo?

— Fugi. Acabei de sair do avião em Delhi. Eu queria ir até Trivandrum, mas não tinha voo para lá, então vim para cá.

— Eles vão ficar loucos. Fiz uma amizade e tanto com o seu irmão.

— E desta vez é pior porque... — Ele baixou a voz e olhou ao redor. — Eu roubei um monte de cartões de crédito e dinheiro antes de sair.

— De quem?

— Dos meus tios e o caralho. Eles estavam pegando muito no meu pé.

— Jura?

— Pois é.

— Você roubou da sua própria família?

— É, eu sei, eu sei. Estou um pouco arrependido agora. Resolvi gastar tudo o mais rápido possível e depois voltar e pedir desculpa.

— Que bela atitude.

— Você acha?

— Não. Na verdade, não. Olhe... quer dividir o quarto comigo? Estou em um quarto duplo mesmo, e vai ficar mais barato se cada um pagar metade. Eu ia gostar de um pouco de companhia.

— Foda-se se é mais barato. Não tenho muito tempo até ser agrilhoado mais uma vez. Só vim para este buraco de merda porque era o primeiro do Livro. Vou passar uma noite aqui e depois parto para Kovalam.

— O que tem em Kovalam?

— Mulheres, cara. Mulheres em pacotes de viagem. É igual a Goa, só que com menos hippies, e a temporada está para começar. É bem no sul, então a monção está quase no fim. Eu vou me hospedar em um hotel chique e comer o máximo de brancas que puder antes que seja tarde demais.

— Tarde demais para quê?

— Ah, foi isso que deu início a esta merda toda. Meu pai está tentando me fazer casar com uma vaca que é uma virgem recatada, só porque o pai dela é dono da Bolsa de Valores de Bombaim ou alguma outra merda do tipo. Ele não vai me deixar voltar para casa até eu aceitar.

— Credo! O que você vai fazer?

— Eu já disse sim. Não tem nada que eu possa fazer. Eu disse sim e caí fora.

— Com o dinheiro do seu tio.

— Exatamente. É o mínimo que mereço. Olhe... você quer vir comigo? Eu pago o seu quarto. Nós podemos nos divertir. Se você comprar umas roupas decentes, comer um pouco e se barbear, até que vai ficar apresentável. Podemos nos dar bem, você e eu. Meu primo me falou de um hotel excelente para onde todas as mulheres mais soltas vão. O que você acha?

— Do quê?

— Quer vir comigo?

— Está falando sério?

— Claro que sim. Está dentro ou não?

— Hum... por que não? Parece divertido.

— Legal. Vou mandar um menino comprar as passagens de trem, você vá fazer a barba, e a gente se encontra aqui mesmo mais tarde.

— Tudo bem. Então, você vai ficar no quarto comigo?

— Obrigado, mas não, obrigado. Quarto de gente doente realmente não é lugar para mim.

Golfe?

A viagem até Trivadrum demorou séculos, mas Ranj comprou duas melancias, um saco de manga, vários cachos de banana, 1 quilo de castanhas sortidas e um estoque infinito de Bombay Mix, e tudo isso foi muito importante para fazer o tempo passar. Dividimos a cabine com uma família que carregava ainda mais comida do que Ranj, e com tudo que passava de um lado para o outro, a coisa toda se parecia mais com um banquete do que com uma viagem. Ninguém na família falava inglês, e Ranj também não conseguia se comunicar com eles por causa de algum problema com dialetos, mas isso não parecia impedir que eles desejassem que nós consumíssemos enormes quantidades da comida deles.

Tive que maneirar nas frutas, por razões óbvias, mas havia muitas outras coisas para comer, sendo que a maior parte delas enfiei goela abaixo com alegria. Só o alívio de estar de novo na estrada sem estar sozinho fez com que meu apetite voltasse repentinamente, com força total.

Pela primeira vez desde Manali, eu estava mesmo feliz.

De Trivandrum, pegamos um ônibus para Kovalam. No caminho, Ranj começou a ler O Livro dele em voz alta.

— Veja o que você acha disto: "O lugar mais luxuoso para se hospedar é o Kovalam Ashok Beach Resort, em cima de um promontório, bem perto do terminal de ônibus. Quartos com cozinha e chalés custam 550 rupias para uma pessoa e 650 para duas. O hotel oferece tudo que se pode esperar, incluindo ar-condicionado, piscina, bar, loja de artesanato e barcos para alugar. O lugar é lindo blá-blá-blá instalações para ioga, massagem aiurvédica, golfe, tênis blá-blá-blá etc." O que você acha?

— Seiscentas e cinquenta rupias? Você está louco?

— Não vou ficar em quarto duplo. Como é que a gente vai transar se estivermos em quarto duplo? Estamos falando de 550 para cada um, cara.

— Está falando sério?

— Claro.

— E você vai pagar.

— Vou.

— Piscina e ar-condicionado.

— É.

— *Golfe?*

— É.

— Vamos dar uma olhada.

— Não.

E, com isso, jogou O Livro pela janela do ônibus.

— O quê... O que você está fazendo?

— Não precisamos mais disso. Agora estamos de férias.

— Mas... mas... Como é que nós vamos...?

— Fique calmo, cara. É só um guia.

— Mas...

Eu estava chocado. O sangue tinha se esvaído do meu rosto.

— Relaxe, não joguei o seu fora.

— Mas...

— Estou guardando o seu para limpar a bunda.

— Meu Deus! Você enlouqueceu!

— Você está se comportando como se eu tivesse matado alguém.

— E matou. Não literalmente. Quer dizer, como... Se você não tiver O Livro, não vai saber onde o resto dos estrangeiros estão. Como espera encontrá-los?

— Na praia, talvez.

— Mas e...?

— Além do mais, não estamos procurando o resto dos estrangeiros. Quem quer ir para a cama com alguma vaca de classe média recatada com a boceta seca, que não goza e não quer saber de chupar o seu pau? Quer dizer, puta que pariu. Amplie um pouco seus horizontes, cara. Nós estamos procurando mulheres depravadas, sedentas por sexo, com vinte anos de experiência de foda de primeira linha abrigada nos músculos vaginais e numa seca de cinco anos, que estão implorando para serem tiradas da merda da tempestade da porra da vida inteira delas!

Ele estava todo agitado no assento, chacoalhando-se de tanta excitação.

— Talvez você tenha razão. Nunca transei com uma mulher mais velha.

Ele ficou olhando para o nada, com os olhos vidrados, e balbuciou para si mesmo:

— Céus! Isso vai ser fantástico.

O sul de Londres com certeza era um lugar erótico.

Eu tenho boa linhagem

A princípio, o hotel relutou em me aceitar como hóspede, e só me deram um quarto quando Ranj exibiu um maço de notas.

Um maleiro pegou minha mochila e tentou carregá-la como se fosse uma mala. Isso fez com que ele quase não conseguisse caminhar, e Ranj e eu achamos bem engraçado, mas no fim ele conseguiu entrar conosco no elevador e nos levar até o quarto.

Um elevador! Que coisa incrível. E o meu quarto era o máximo. Eu tinha me acostumado com a ideia de que um quarto de hotel tinha paredes de concreto, piso de pedra e cama dura como pau, mas este aqui tinha uma cama normal, igual às da Inglaterra, tapete, sacada com vista para o mar e até alguns móveis! Era um quarto para uma pessoa, mas reparei que a cama era larga o bastante para duas. E o banheiro era *dentro do quarto*, com a primeira banheira que eu via em todo o país. Isso era ainda melhor do que torrada com Marmite! Imediatamente enchi a banheira e tirei a roupa.

A água ficou cinzenta assim que entrei, de modo que esvaziei a banheira e a enchi de novo, sem sair lá de dentro. Depois de tirar a maior parte da sujeira, me encontrei com Ranj no lobby. Ele imediatamente me colocou em um táxi, e saímos para comprar "umas roupas decentes". Como ele estava pagando, achei que não tinha muito direito de discutir o gosto dele e acabei com uma camisa havaiana, shorts verde limão e sapatos docksides azuis. Ele também me fez comprar roupa para noite — três camisas (todas pavorosas, feitas de poliéster lustroso e estranhamente apertadas embaixo dos braços) e uma calça jeans, imitação de Levi's, que custou caríssimo e que se enfiava tanto na minha bunda que fazia meus olhos lacrimejarem.

Quando eu estava todo paramentado, ele me deu tapinhas de admiração nos dois braços e disse que eu estava parecendo um playboy indiano.

— E isso é bom?

— Claro que é bom.

— É isso que você é?

— Não, cara. Eu faço o estilo Bate Estaca Peniano de Putney. Mas não dá para comprar roupa assim aqui, então vamos ter que nos contentar com playboy indiano.

— Estou me sentindo meio cafajeste.

— Como assim, está se sentindo meio cafajeste? Como você estava se sentindo com toda esta merda? — Ele apontou para a sacola onde estavam minhas roupas velhas, que me recusei a jogar fora.

— Eu estava me sentindo bem.

— Bom, você estava parecendo um mendigo. Onde você comprou toda essa merda?

— Por aí. A maior parte foi em Manali e em Dharamsala.

— Eu devia ter imaginado. Você fez isso por achar que, se usasse roupas tibetanas, ia se parecer mais com um habitante local do sul da Índia?

— Não.

— Por quê, então? Por que as pessoas precisam usar essas roupas nojentas?

— Não sei. Tenho um jeans e uma camiseta no fundo da mochila, mas desde que cheguei aqui, eu me sentia totalmente deslocado sempre que vestia aquilo. Então comprei o mesmo tipo de coisa que todos os outros estrangeiros usavam.

— Você tem uma calça jeans no fundo da mochila?

— Tenho.

— De que marca?

— Levi's, acho.

— Você tem uma calça Levi's no fundo da mochila?

— Tenho. Mas não uso desde que cheguei. Ninguém usa jeans na Índia.

— Do que você está falando? Todo mundo usa jeans na Índia.

— Não, não usa.

— Usa, sim. Por que diabos você me deixou comprar esta merda de imitação se tem uma genuína na mala?

— Não sei. Esqueci que tinha.

— Você faz ideia de quanto vale uma calça Levi's genuína aqui?

— Não.

— Muito dinheiro. É igual a ouro em pó. Não acredito que você anda por aí carregando uma calça Levi's nas costas e usa uma calça de camponês de 20 rupias.

— Não custou 20 rupias. Custou 50.

— Você pagou 50 rupias por *aquilo*? Caralho. As coisas só pioram.

Quando Ranj sentiu o cheiro da minha calça Levi's, quase sufocou. Imediatamente pegou minha mochila com todas as peças de roupa dentro e mandou tudo para a lavanderia do hotel. Então coloquei minhas roupas de noite novas e saímos para caçar.

O bar do hotel parecia algo saído de um filme de James Bond, e em homenagem a ele, cada um de nós tomou um dry martini. A maioria das pessoas que estava no bar era de indianos ricos, coisa que eu sempre acreditei ser uma contradição em termos, mas havia um canto onde todos os branquelos estavam concentrados, e nos aproximamos deles.

Dentro de poucos minutos, eu já tinha arrastado Ranj de volta ao bar para encher os ouvidos dele.

— Mas que merda a gente está fazendo aqui, cara? Só tem velho aqui.

— E daí?

— Dê só uma olhada nessa gente. É de dar nojo.

— Como você achava que seriam mulheres divorciadas ricas? Gostosinhas divorciadas de 22 anos não existem, sabia? Você pode achar uma viúva assim se tiver muita sorte, mas as divorciadas são velhas.

— E é disso que você está atrás? Delas?

— Na verdade, preciso reconhecer que elas são meio feias.

— São uns monstros. E nenhuma delas é divorciada, pelo amor de Deus... só tem casal.

— Tá, tá. Não sou vidente. Não sabia quem estaria hospedado aqui, não é mesmo?

— A única de quem gostei foi aquela loura ali.

— A loura?

— É.

— No canto?

— É.

— Com aquele sujeito enorme.

— É.

— Aquela que estava falando agora mesmo sobre como este é o lugar dos sonhos para uma lua de mel.

— É.

— Pode continuar sonhando, cara.

— Bom, que outra opção nós temos, pelo amor de Deus?

— Ela não é nada mal.

Ranj apontou com a cabeça para uma indiana parada perto do bar.

— *Ela?*

— É.

— Ela é *indiana.*

— E daí?

— Não dá para cantar uma indiana.

— Por que não?

— É só que... elas... quer dizer, ela está com os pais.

— E daí?

— Os irmãos dela vão aparecer para matar a gente no meio da noite.

— Por quê?

— Por... ter insultado a honra dela ou algo assim.

— Onde você acha que está? No Paquistão ou algo do tipo? Este é um país civilizado.

— Eu sei.

— Como você acha que a raça se propaga nesta parte do mundo?

— É só que... Não sei. Você mesmo disse que arranjaram um casamento para você.

— Então. Agora vou arranjar uma trepada para mim.

— Mas... elas dão? Elas vão para a cama?

— Quem?

— As indianas.

— Não, para você elas não dariam. Mas lembre... Eu tenho boa linhagem.

E, com isso, ele alisou as sobrancelhas e partiu para o ataque.

Naquela noite, fui acordado por barulhos vindos do quarto de Ranj que se assemelhavam ao som de duas pessoas vencendo a Copa do Mundo nos acréscimos com um chute de meio de campo. Para meu grande alívio, logo descobri que era possível assistir pornografia em canais via satélite da TV indiana.

Na manhã seguinte, ele me informou que ela era um pouco nova demais para o gosto dele, mas que tinha se virado bem, de todo modo. Então perguntou, com muita educação, se eu tinha apreciado minha partida noturna de buraco.

— Vai se foder. Não era buraco.

— O que era, então?

— Truco.

— É justo.

— E foi chato de matar. Não vou chegar a lugar nenhum se a gente ficar neste hotel, sabe?

— Está tudo certo. Tenho um plano.

— O quê?

— Vamos alugar o barco do hotel e sair para caçar na praia.

— Sei lá... nunca remei. Acho que não vamos parecer muito atraentes.

— Não é um bote a remo, seu imbecil. É uma lancha.

— Uma lancha? Mesmo?

— É.

— Uma lancha? Que maravilha. Nunca andei de lancha.

— Você nunca andou de lancha *nem* de bote a remo?

— Não.

— Em que tipo de barco você *já* andou?

— Hum... em uma balsa. Só isso.

— Você é muito glamouroso, Dave, Sabia?

— Nem me diga.

Ping

Ranj parecia saber exatamente como conduzir uma lancha, apesar de afirmar nunca ter feito isso antes. Levamos alguns coquetéis conosco, só para podermos ficar ainda mais parecidos com James Bond, e percorremos a extensão da praia algumas vezes comigo debruçado na lateral do barco, gritando de alegria. Eu nunca tinha me sentido tão feliz na vida. No prazo de uma semana, parecia que eu tinha passado de um dos pontos mais baixos da minha existência para... para *ser* Sean Connery de verdade. Não que Sean tenha o hábito de gritar de alegria, mas deu para entender.

Não tínhamos como nos aproximar o suficiente da praia para realmente avaliar os talentos em oferta, de modo que desembarcamos em uma das extremidades e levamos nossos coquetéis para dar uma sondada. Ranj parecia ter uma espécie de radar sexual capaz de detectar mulheres a enormes distâncias, e à medida que o sinal ia ficando mais forte, ele quase entrava em transe.

— Estou sentindo alguma coisa boa. Tem alguma coisa boa vindo. Olhos à esquerda. Olhos à esquerda. — Agora ele estava correndo, e eu me esforçava para acompanhar, com os pés afundados na areia quente.

Então Ranj parou de repente e quase dei um encontrão nele.

— Bingo. Sete louras.

— Onde?

— Ali.

— Onde?

— Perto do mar. Logo ali.

— Será que a gente pode descansar um pouco? Não vou conseguir andar até lá.

— Merda... olhe só aquilo.

— O quê?

— Aquelas duas.

Ele apontou para longe do mar, e vi duas europeias a média distância usando sári branco, sentadas à sombra. Percebi que, entre todas as mulheres que eu tinha visto no país inteiro, nunca tinha visto um sári branco. Também nunca tinha visto nenhuma ocidental usando sári, de modo que aquela era uma visão estranha. Não dava para ver muito bem o rosto delas, mas havia algo levemente familiar naquelas mulheres.

— Que coisa estranha essa aí — disse ele.

— Acho que eu estou reconhecendo as duas.

— Você sabe o que significa sári branco?

— Não.

— É a mesma coisa que usar preto na Inglaterra.

— Como assim... Quando se está de luto?

— É. As viúvas têm que usar branco... simboliza que elas abriram mão dos prazeres mundanos e toda essa merda.

— Você acha que...?

— Ela está fumando um baseado. Está vestida desse jeito e fumando um baseado.

— Acho mesmo que conheço essas duas.

— É de arrepiar. Isso aí me dá medo, de verdade.

— Vou lá dar uma olhada.

— Como quiser. Eu vou ali dar uma conferida nas gostosas.

Quando cheguei mais perto e os rostos ficaram mais definidos, percebi que as duas meninas eram Fi e Caz. E as duas pareciam a morte em pessoa: ainda mais magras do que antes, com a pele pálida e empipocada e o cabelo seboso. Quando Fi viu que eu estava me aproximando, quase teve um chilique.

— Ai, meu Deus! — disse ela. — É você!

— Sou eu.

Ela ficou olhando para mim com cara de repulsa e pavor.

— O que aconteceu com você?

Eu estava prestes a dizer que tinha ficado doente quando percebi que ela estava falando da camisa havaiana e do short verde limão, do coquetel e da máscara de mergulho pendurada em meu pescoço.

— Ah, sabe como é. O de sempre — respondi.

Ela não soube como responder a esta afirmação.

— Mas... o que você está fazendo aqui?

— Só... sabe como é. Estou por aqui. E vocês?

— A mesma coisa, para falar a verdade.

Reparei que Caz estava sentada bem ereta na areia, olhando para alguma coisa a meia distância e se balançando para a frente e para trás feito uma criança autista. Ela ainda não tinha olhado para mim, parecia que nem tinha notado minha presença.

— Está tudo bem com ela?

— Não. Acontece que ela não está nada bem — respondeu Fi, em um tom de voz que parecia que a culpa era minha.

— Esta é uma coincidência incrível. O que vocês estão fazendo aqui? Achei que estavam no *ashram* com Aquela Lá.

— Aquela Lá, como você disse muito bem, não está na nossa lista de pessoas queridas.

— O que ela aprontou?

— É uma longa história.

— Tenho tempo — falei, então me sentei na areia e registrei que Ranj já tinha se infiltrado no grupo de banhistas louras. Caz continuava se balançando e olhando para o mar.

Dava para ver que Fi estava dura de tanto estresse e, apesar de não querer admitir, obviamente estava feliz de me ver. Ficou me encarando um tempinho, fumando o baseado dela, antes de se entregar e começar a contar a história.

— Tudo se resume a um cara. Ele se chama Ping...

— Ping?

— ...e é professor de ioga íntima no nosso *ashram*. Bom, a gente já tinha estado lá duas vezes e essa era a nossa terceira visita no ano, e toda vez que íamos lá Caz ia desenvolvendo cada vez mais uma coisa com Ping. Bom... só que dessa vez a gente levou Aquela Lá conosco, que *apresentamos* a Ping... e até parece que ela não sabia sobre a coisa de Caz e Ping... e... e... nem consigo continuar.

Ela ficou em silêncio, olhando para o nada com os lábios apertados.

— O que aconteceu?

— Bom... resumindo, nós estávamos em uma aula de ioga íntima, e Ping estava ajudando Liz... quer dizer, Aquela Lá... a localizar o centro dela, quando Liz começou a gemer de um jeito totalmente inapropriado para uma novata. Quer dizer, ela obviamente estava fingindo. A gente só estava lá fazia uma semana. Mas bem... Aquela Lá começou a gemer igual a uma puta de quinta, e os dois simplesmente se levantaram, deram-se as mãos e saíram. Agora... como Caz é capaz de sentir o humor de Ping, ela soube exatamente o que estava acontecendo, então esperou alguns minutos e foi até a sala de aula particular. E... e... não consigo continuar.

Um longo silêncio se instalou.

— E o quê? — falei finalmente.

— Bom... imagine a surpresa de Caz quando ela enfiou a cabeça pela porta e descobriu que... que... eles resolveram adotar o método tântrico.

— Como assim?

— Eles adotaram... o método tântrico.

— O que isso quer dizer.

— Você nunca ouviu falar?

— Não.

— Meditação tântrica?

— Não.

— Bom, existem 16 estados meditativos principais, e cada uma das cinco escolas principais de pensamento divide os 16 em três categorias principais. As escolas tibetanas do Chapéu Vermelho e do Chapéu Amarelo seguem uma subdivisão básica...

— Por favor, pode esquecer os outros 15. Só me diga o que tântrico quer dizer.

— Não é um dos 16, bobo. É uma escola inteira. É um dos cinco.

— Sim. E agora você vai me contar o que é?

— É muito difícil encapsular em uma frase, mas basicamente é a busca do nirvana por meio de se chegar ao centro máximo do eu sexual.

— O quê?

— Basicamente, você medita transando.

— Então, quando você diz que Liz e Ping adotaram o método tântrico, você quer dizer que eles estavam trepando.

— É uma maneira de colocar as coisas.

— Cristo! Isso é inacreditável! Vocês a levaram para esse lugar, e em uma semana ela trepou com o professor de ioga.

— Você precisa ser assim tão cruel? O negócio é que Caz está sempre no limite a maior parte do tempo, e a coisa toda acabou com ela.

— Como assim?

— Ela teve um colapso. Só... ah, foi terrível. Ela viu o método tântrico rolando e começou a berrar e quebrar coisas. Aí ela tirou a roupa toda e correu pela propriedade inteira, dizendo coisas ofensivas a respeito da utilidade da meditação. No final, um dos auxiliares espirituais a colocou em uma camisa de força.

— Uma camisa de força?

— Mas agora ela está bem. Quer dizer, ela não está *bem*. Ainda não falou e tal. Mas não é mais perigosa nem nada.

— Que horror. Como é que eles têm camisas de força naquele lugar?

— Ah, parece que é bastante comum. As pressões do regime restrito da ioga atingem em cheio algumas pessoas. Não há nada de errado com Caz, sabe? Ela só precisa descansar. Então, depois que nós fomos expulsas do lugar...

— Eles expulsaram vocês?

— Claro que sim. Não pode haver loucos correndo de um lado para outro quando as pessoas estão tentando meditar, sabe? É para o bem de todos. Mas então... resolvi pegar um avião e trazê-la para cá para ela poder relaxar na praia, longe das multidões. Aí, quando ela retomar a faculdade da fala, vou levá-la para casa. Achei que se voltássemos assim, os pais dela iriam ficar perturbados.

— Claro. Isto é... é terrível.

— Eu sei.

— Quer dizer, ela parece um zumbi.

— É, e nós duas vamos começar a faculdade em... em mais ou menos um mês.

— Merda.

— Um pouco mais, na verdade. Quer dizer, já vai ser bem difícil para *eu* conseguir me readaptar à cultura ocidental. Só a ideia de vestir roupas ocidentais já me dá coceira... são tão restritivas, sabe?... Mas para Caz... não sei, não.

— O que ela vai estudar?

— Francês e espanhol em Bristol.

— Como é que ela vai fazer isso se não consegue nem falar?

— Vai demorar um pouco, mas ela vai ficar bem. Depois que você passa um tempo na companhia de leprosos, esse tipo de coisa não parece nada. Tipo, é preciso colocar as coisas na perspectiva adequada. Ela ainda tem mais do que qualquer indiano poderia desejar.

— Quanta bobagem.

— Você não viu as partes baixas. Você não compreende que privilégio enorme é ser ocidental. Do ponto de vista financeiro, quer dizer. Espiritualmente, é claro, somos completamente pobres. É por isso que estamos propensos a este tipo de colapso.

— Mas... ela... Há quanto tempo ela está assim?

— Ah, algumas semanas.

— E tudo porque Liz transou com Ping.

— Essa foi só a gota d'água, mas basicamente é isso mesmo.

— Meu Deus.

— Quer dizer, na verdade é uma estupidez, porque Ping ia para a cama com todo mundo.

— O quê?

— Era parte do método de ensino. Se ele achava que você estava chegando a algum lugar, ele ajudava com o método tântrico.

— Como assim? Até você?

— Não... não encontrei meu centro de propósito, porque queria dar chance a Caz de chegar lá primeiro. Ela estava com aquela coisa fazia tanto tempo que achei que, se agisse com frieza em relação a Ping, ele captaria a mensagem e se concentraria em Caz.

— E ele se concentrou?

— Não. Essa é a tragédia. Ele se concentrou em Liz. Pelo jeito, achou o centro dela mais rápido do que achou o joelho de Caz.

— Centro? Isso é... tipo... o seu...?

— Não. Não seja nojento. Você não sabe o que é ioga íntima?

— Claro que não sei.

— É uma maneira de achar o ponto central das energias do corpo com a colocação das mãos de um iogue íntimo qualificado.

— Colocação das mãos?

— Exatamente. Ele ensina ao grupo todo a posição básica e aí, enquanto você está meditando, ele passa de um em um e coloca cada pessoa em posição. Quando você encontra o equilíbrio perfeito, está em paz. Ele coloca as mãos, e juntos vocês encontram o centro.

— Onde ficava o seu?

— Eu nunca encontrei exatamente, mas era em algum lugar por aqui.

Ela cruzou as pernas e se sentou ereta, então colocou a mão direita uma fração acima do lugar em que os pentelhos começariam.

— Uau! É aí que fica o centro de todo mundo?

— Depende. É diferente para cada pessoa.

— Nem me diga. Nas pessoas velhas e gordas fica no ombro, e o das mulheres jovens e núbeis fica bem lá no clitóris?

— Você é tão cético. Não sei como você consegue viver consigo mesmo.

— Esse cara é um gênio. Onde ficava o centro de Caz?

— Você não pode fazer essa pergunta. É uma informação muito pessoal. Se você sabe onde fica o centro de uma pessoa, você sabe muita coisa sobre ela.

— Ah, vamos. Eu não conto para ninguém. Onde ficava?

— Olhe... ela nunca encontrou exatamente.

— Mais ou menos. Onde ela estava procurando?

— Bom... ela só localizou de maneira superficial, mas eles conseguiram restringir a esta área, a parte interna do cotovelo.

— Está vendo?

— O que você quer dizer?

— Nada. Só que ele não era a fim dela. Vamos encarar... Quem vai querer ir para a cama com um esqueleto?

— Ela não é surda, sabia? Você está sendo muito grosseiro.

— Esse sujeito da ioga íntima é um gênio. Tipo... as pessoas pagam a ele, e ele só precisa ficar passando a mão nelas, e elas vão embora felizes.

— Ele é *mesmo* um gênio, aliás, e ele nem compreenderia o conceito de passar a mão. A mente dele está em coisas mais elevadas.

— Ah, claro. Vou ter que aprender a fazer isso.

— Ele é um homem altamente qualificado. Você tem que estudar na Sede Internacional da Ioga Íntima pelo menos cinco anos antes de obter certificado de professor.

— Sede Internacional?

— Em São Francisco.

— Isso não é só um cara passando a mão em mulheres em um barraco no cu da Índia?

— É um movimento internacional.

— Que coisa incrível! Quer dizer que, neste exato momento, no mundo inteiro, há centenas de mulheres passando por ioga íntima?

— Imagino que sim.

— Que ideia fascinante.

Ranj então reapareceu e me puxou de lado para dizer que tinha acabado de conhecer o Time Feminino de Handebol do Leste da Suécia, que estava ali de folga da turnê do sul da Ásia, e que ele tinha combinado de se encontrar com elas na praia para uma aula de *panjabi* à meia-noite.

— Quantas pessoas têm em um time de handebol? — perguntei.

— Não sei, mas elas são sete. Isso pode incluir as reservas.

— Você é inacreditável. Fi... quer nos encontrar mais tarde para uma aula de *panjabi*? Este é o meu amigo Ranj. Ele é o instrutor.

O rosto de Fi se iluminou com a visão de um indiano. Ela me deu um sorriso todo impressionado por ter conseguido fazer amizade com um local.

— Então... você é... amigo do David? — enunciou Fi, ao estilo de uma apresentadora de um programa infantil da década de 1950.

— Porra, sou sim. Ele é um máximo — respondeu Ranj.

— Ah, tá — disse Fi, com as bochechas vermelhas.

Você não acha que já se divertiu bastante?

O mais estranho sobre a nossa festa de *panjabi* à meia-noite foi que ignorei a sessão de "como identificar as várias partes da anatomia sueca", que se deu em meio a muitos gritinhos, e acabei passando o tempo todo conversando com Fi.

Bom, sei que a odiei com todas as forças desde o primeiro instante em que coloquei os olhos nela, e sei que ela é uma falsa e uma esnobe e uma louca, mas preciso admitir que, sob aquelas circunstâncias, comecei a achá-la interessante. Acho que talvez isso tenha tido alguma coisa a ver com o colapso de Caz. Aquele jeito exagerado de garota de escola particular de Fi se amenizou um pouco, e ela assumiu uma característica tristonha e um tantinho submissa que era muito interessante. Tem alguma coisa nas mulheres infelizes que sempre me deixa com tesão.

Fi parecia ter desistido da maior parte da bobajada espiritual, e nós dois pudemos simplesmente ficar conversando sobre coisas do dia a dia, só um pouco incomodados com a presença de Caz. Ela disse que só estava usando sári porque o *ashram* tinha feito com que ela abrisse mão de todas as roupas velhas e ainda não tinha dado tempo de comprar novas.

Depois de estarmos conversando havia mais ou menos uma hora, enquanto escutávamos Ranj se demorar em um número absolutamente implausível de palavras em *panjabi* para "mamilo", um clima de paquera começou a rolar na nossa conversa. O som das ondas batendo, as sombras das palmeiras recurvadas ao luar, a música distante que vinha da praia e a conversa sobre mamilos se combinaram para produzir uma atmosfera carregada da necessidade urgente para a cópula.

— Quanto tempo você e Liz ficaram juntos? — perguntou Fi, levemente acanhada.

— Um tempinho.

— E era... bom?

— Como assim?... Do ponto de vista sexual? — perguntei, fazendo um biquinho.

Ela deu de ombros.

Fiz alguns cálculos ali na hora e cheguei à conclusão de que "não" talvez fizesse parecer que eu era ruim de cama, mas "sim" pareceria que eu a estava dispensando. A verdade me revelaria como o fracassado mais espetacular do mundo.

— Não era ruim, mas já experimentei coisa melhor — falei, impressionado com meus poderes de diplomacia.

— Qual era... o problema?

— Ah, você conhece Liz. Ela é muito mandona. Não é... — coloquei a mão na perna de Fi — ...exatamente o que se pode chamar de pessoa sensível. E isso também transparecia quando a gente fazia amor.

— Eu a odeio — disse Fi. — Eu a odeio mais do que qualquer outra pessoa no mundo.

— Eu também não vou muito com a cara dela.

— Eu queria poder... poder...

— Dar porrada nela?

— É. Dar porrada nela. — A frase soou estúpida com o sotaque de Fi, e nós dois sorrimos.

— Sabe o que realmente a deixaria puta da vida? — perguntei.

— O quê?

— Bom... eu e ela não estamos mais, tipo, juntos, mas ela continua sendo uma pessoa muito ciumenta e, se eu ficasse com alguém, ela ficaria louca da vida. Principalmente se fosse alguém que ela conhece.

Fi olhou para mim, piscou duas vezes, mas, basicamente, olhou dentro dos meus olhos com um ar morto. Não desviei o olhar e dei um leve sorriso amarelo.

— Você está dizendo o que acho que está dizendo? — perguntou Fi e se inclinou um tantinho para a frente.

— Não sei. O que você acha que estou dizendo? — perguntei, também me inclinando para a frente.

— Você me diz o que está dizendo e digo se foi o que pensei que você estava dizendo — respondeu ela, vindo ainda mais para a frente. Agora havia cerca de um dedo entre nossas bocas.

— Acho que você deve me dizer o que acha que estou dizendo e aí posso dizer se era mesmo o que estava dizendo na verdade — falei, aproximando-me mais um centímetro dela.

A única atitude cortês a se ter naquele momento era dar um trato nela.

Ela, sem dúvida, era a pessoa com o pior beijo com quem já tive o azar de me envolver. Parecia que minha língua estava sendo sugada por um aspirador e colocada na fase de centrifugação de uma máquina de lavar ao mesmo tempo.

Fui salvo de sérias cãibras na língua por Ranj sugerindo que voltássemos todos para o Kovalam Ashok Beach Resort para assaltar nossos frigobares. Algumas das suecas caíram fora, mas Ranj se apertou em um riquixá com três delas, eu dividi outro com Fi e Caz, e nós sete subimos a ladeira até o hotel.

Depois de termos acabado com o conteúdo do meu frigobar, Ranj levou as três suecas para o quarto ao lado e fiquei para trás com Fi e Caz.

— Então... nós dois estamos aqui — falei.

— Estamos aqui.

Um silêncio se instalou.

Como parecia não haver muito assunto sobre o que conversar, me aproximei e dei um beijo nela. Para manter a minha mutilação oral ao mínimo, tentei tirar a roupa dela ao mesmo tempo, e esse processo se revelou semelhante a desenrolar uma múmia, algo que não dava exatamente para fazer de maneira casual com uma das mãos, enquanto se tenta enfiar a outra mão no sutiã. Acabei desenvolvendo a técnica de dar voltas nela enquanto ela ficava parada e eu ia juntando uma trouxa cada vez maior de tecido, dando um beijo cada vez que passava pela frente do rosto dela. Aquilo era perfeitamente divertido, mas não achei que funcionava muito bem como preliminar.

Finalmente acabamos na cama, eu só de cueca e ela só de calcinha, fazendo aquela coisa de se esfregar muito e gemer muito que a gente faz quando quer fingir que está excitado. Quando Fi começou a fazer os gemidos que a gente faz quando está excitado de verdade, comecei a ficar meio acanhado.

— O que vamos fazer com Caz? — perguntei.

Paramos por um instante, sentamos na cama e observamos Caz, que estava sentada bem ereta em uma cadeira, olhando para a parede oposta e se balançando um pouco mais rápido do que o normal.

— Está tudo bem com ela — respondeu Fi. — Nem está olhando.

— A gente simplesmente vai deixá-la ali?

— Que outra coisa podemos fazer?

— Não sei. Você não acha meio esquisito?

— Na verdade, não. Já estou acostumada.

— Sabe, nunca fiz com alguém olhando.

— A gente pode levá-la para o banheiro.

— Não... eu iria me sentir pior.

— Ela não está olhando, na verdade. Além do mais, pode ser que você ache isso excitante.

— Tudo bem. Vou pegar uma camisinha.

— Não. Não pegue.

— Como assim? Você toma pílula?

— Não. Quero fazer sexo não penetrativo.

— Sexo não penetrativo? Que merda é essa de sexo não penetrativo?

— Sexo sem penetração, óbvio.

— Como é que se faz sexo sem penetração?

— A gente faz... outras coisas.

— É uma contradição em termos. Como andar de bicicleta sem pedalar.

Ela me fez calar a boca com mais alguns beijos e depois me chupou. Aquilo me deixou bem pouco à vontade, porque sempre que eu abria os olhos, via Caz. Depois de um tempo, percebi que Caz já nem estava mais olhando para a parede: ela tinha se virado e estava olhando bem para mim, com os olhos um pouco apertados e vermelhos de raiva. Realmente é muito brochante ver uma pessoa olhando fixo nos seus olhos enquanto você tenta aproveitar uma chupada, mas por sorte a técnica desastrosa de beijar de Fi se traduzia em uma chupada fantástica, de modo que a minha concentração não ficou assim tão prejudicada, e eu acabei gozando bem na boca dela. Ela cuspiu no tapete na mesma hora e achei meio grosseiro. Fi perguntou se eu tinha algum chiclete ou bala. A única coisa que consegui encontrar foi um pouco de haxixe, de modo que fumamos um baseado para ela tirar o gosto da boca (e foi um alívio, porque todo o clima sexual evaporou e não fiquei achando que precisava retribuir o favor).

— Você tem certeza de que está tudo bem com Caz? — perguntei.

Ela continuava olhando fixo para nós, com os olhos ainda mais vermelhos, queimando com algo que, eu desconfiava, fosse fúria psicótica.

— Infelizmente, ela não consegue dormir assim ereta. Tem lugar para ela? Ela não ocupa muito espaço.

— Acho que tem. Mas você fica no meio. Não quero chegar nem perto dela. Ela parece louca.

— Não se preocupe. Ela só deve estar cansada.

Terminamos o baseado, e Fi me fez virar de costas enquanto ela tirava a roupa de Caz e a colocava em nossa cama.

Na manhã seguinte, fui acordado pelo som de uma discussão através da parede.

— Não, não, não. Não mesmo — berrava um homem. — Este tipo de coisa não pode ser permitido. Não somos nenhuma espécie de bordel barato. Vocês são pessoas sem princípios morais.

Então ouvi a voz de Ranj flutuar claramente através da parede.

— É o meu quarto, eu posso fazer o que eu quiser.

— É o meu hotel, e simplesmente não posso permitir isso. Pedir quatro cafés da manhã para um único quarto é altamente irregular, e o pobre coitado que entregou a comida ainda está em estado de choque com a visão que o recebeu. Devo pensar nos meus funcionários em primeiro lugar e vou ter de expulsá-lo do hotel.

— Existe algum manual de regras ou algo assim? Não diz em lugar nenhum que a gente não pode dividir a cama com outras pessoas.

— Na sua ficha de registro está expresso o direito da gerência de se livrar de pessoas indesejáveis, e é isso que estou fazendo.

Eu então ouvi a porta do quarto de Ranj se fechar e, alguns segundos depois, alguém bateu na minha.

— Entre — falei, achando que era Ranj.

Um indiano vestido com um terno refinado entrou todo tímido no quarto.

— Sinto muitíssimo por incomodar, senhor, mas acredito que, devido a um problema com o seu compatriota, serei obrigado a colocar fim... — À medida que a frase dele ia definhando, eu via a cor desaparecer das suas bochechas. — Ah, meu Deus! Pelos Céus! Este aqui está fazendo a mesma coisa! — Ele se virou de costas e começou a falar sem parar na direção da porta. — Aqui tem três na mesma cama! Achei que já tivesse visto de tudo, mas agora tenho dois cavalheiros ingleses se divertindo com várias mulheres na mesma noite. Primeiro é uma orgia, e agora encontro três na mesma cama. Isto aqui é o limite.

Por favor... vocês dois saiam do meu hotel em menos de meia hora. Vocês são animais. Não têm nenhum princípio moral.

— O senhor não compreende. Nós não estávamos... Quer dizer, ela só... É só a amiga dela. A gente não podia deixá-la na cadeira.

— Não estou interessado nas suas práticas. Apenas saiam do meu hotel e nunca mais obscureçam estas portas.

Com isso, ele marchou para fora do quarto e bateu a porta com toda a força.

Ranj então apareceu no meu quarto com um sorriso enorme no rosto, seguido pela três suecas só de calcinha e sutiã.

— Isto aqui é hilário — disse ele. — Eu nunca tinha sido expulso de um hotel.

— Mas nós não estávamos...

— E ele pegou você também. Nós estávamos ouvindo do outro lado da parede, mijando de rir. *Primeiro é uma orgia, e agora eu encontro três na mesma cama.* Não tem preço.

— Mas não era isso. Simplesmente não tinha lugar para Caz dormir.

— Tanto faz. Esse hotel é uma chatice mesmo. Que tal a gente se juntar a estas damas no hotel Moon Cottage? Fica logo ali na praia.

— Você pode me dar a minha cueca?

Ele jogou uma cueca para mim, que vesti por baixo do lençol. Percebi que, de algum modo, Caz não tinha acordado durante a coisa toda, enquanto Fi, aparentemente em estado de choque, olhava fixo para a parede em frente e, de maneira geral, agia como Caz.

Saí da cama e dei um tapinha no braço dela.

— Fi? Acho que você precisa se levantar.

— Não — respondeu ela.

— Como?

Naquele momento, a boca de Fi se escancarou e ela começou a berrar a plenos pulmões.

— NÃÃÃÃÃÃÃO! NÃO POSSO! NÃO POSSO SAIR DA CAMA! ESTA É A CAMA MAIS CONFORTÁVEL DO MUNDO! NÃO POSSO! NÃO POSSO! NÃO POSSO! NÃO POSSO! NÃÃÃÃÃÃÃO!

O gerente do hotel voltou correndo para o quarto.

— MAS QUE CONFUSÃO É ESTA? VOCÊS... — Então, quando ele avistou as suecas seminuas, deu meia-volta e ficou de frente para a parede. — Ai, meu Deus! Isto é demais! Não consigo lidar com isso. — Agora *ele* estava quase chorando. — Por favor. Vistam essas mulheres. Simplesmente não posso admitir. E este barulho é simplesmente intolerável...

— NÃÃÃÃÃÃÃO! NÃO POSSO IR EMBORA! NÃO POSSO IR EMBORA!

— Tenho outros hóspedes a levar em consideração. Vocês estão acabando com a reputação deste estabelecimento.

— É UMA CAMA! UMA CAMA DE VERDADE! PRECISO DORMIR EM UMA CAMA DE VERDADE! NUNCA MAIS VOU VOLTAR A DORMIR EM UMA DAQUELAS TÁBUAS DE MADEIRA! NUNCA! NUNCANUNCANUNCA! E TEM TAPETE! EU PRECISO DE TAPETE!

— Tirem esta harpia histérica do meu hotel.

Caz escolheu esse momento para acordar. Ao ver Fi gritar, o rosto dela imediatamente se contorceu e ela se sentou ereta, exibindo os seios para o quarto todo. Ela começou a se balançar mais rápido do que nunca, enrolando o cabelo no dedo e resmungando para si mesma em um tom agudo desconcertante.

— É um hospício! — berrou o gerente do hotel, histérico.

— Não se preocupe — disse uma das suecas. — As moças estão um pouco aborrecidas. Vamos alegrá-las e assim poderemos todos ir embora. Não se preocupe. — Ela colocou o braço em volta dos ombros do gerente, que soltou um gritinho.

Com o rosto vermelho lívido pela dor de não olhar para os seios sublimes que pairavam logo abaixo do queixo dele, o gerente se contorceu para fora do abraço dela.

— Vocês têm vinte minutos. Depois vou chamar a polícia.

Ele marchou para fora do quarto, tropeçou no pé de uma cadeira sem se deixar abalar e bateu a porta atrás de si.

A mesma sueca então foi até a cama e colocou o braço ao redor de Fi, que agora resmungava para competir com Caz.

— Você não está feliz, certo?

— NÃO POSSO IR EMBORA! NÃO POSSO! ESTA CAMA É DE VERDADE!

A sueca olhou para mim.

— Elas andam passando por dificuldades — falei.

— Você quer ir para casa? — perguntou ela.

— NÃO POSSO! NÃO POSSO! AINDA TENHO DUAS SEMANAS, NÃO POSSO DESISTIR AGORA. QUASE TERMINEI. NÃO POSSO DESISTIR AGORA.

— Você não acha que já se divertiu bastante? Talvez fique mais feliz em casa.

— MAS EU QUASE TERMINEI. NÃO POSSO IR EMBORA AGORA.

— Agora não vai ter mais cama nenhuma. Esta aqui é a última até você voltar para casa.

Isso fez com que ela recomeçasse.

— NÃÃÃÃO! NÃO POSSO ME LEVANTAR! ESTA CAMA É DE VERDADE. NÃÃÃÃO!

— NÃÃÃÃÃÃÃO! — gritou Caz, sua primeira palavra em mais de um mês.

— Bom — disse a sueca. — O que vocês acham de nós levarmos vocês duas para a cidade agora? Vamos ligar para os seus pais e explicar que vocês não estão felizes, depois vamos a uma agência de viagens e reservamos um voo para vocês voltarem para casa, pedindo para o seu pai pagar com cartão de crédito, tudo bem? Assim, você já vai estar de novo em uma cama de verdade antes mesmo de se dar conta. Nunca mais vai precisar dormir em uma cama dura.

— Você acha?

— Quem sabe mais uma noite, mas depois você pode ir direto para uma cama de verdade.

— Mesmo?

— Claro que sim. Vocês dois... — Ela se virou para Ranj e para mim, que estávamos encolhidinhos em um canto, e estalou os dedos na nossa direção. — Saiam que eu vou vesti-la. Qual é o nome dela?

— Fi.

— E o da amiga dela?

— Caz.

— OK. Agora, saiam.

Fomos cambaleantes até o quarto ao lado enquanto as suecas núbeis seminuas ficaram para trás para ajudar a vestir as inglesas loucas.

Em silêncio, observei enquanto Ranj se vestia e fazia a mala. Depois de alguns minutos, as suecas seminuas trouxeram Fi e Caz, agora totalmente vestidas, e voltei para o quarto ao lado, ainda vestido só com a minha cueca samba-canção. No corredor, reparei em umas vinte camareiras aglomeradas ao redor da saída de incêndio, olhando para mim com olhos esbugalhados. Dei de ombros para elas e desapareci de vista.

Ranj, que tinha passado a semana toda treinando a assinatura do tio, pagou a conta com um cartão American Express Gold todo elegante e rebuscado. Naquela tarde, a sueca competente ligou para os pais de Fi e Caz, que, pelo que parecia, começaram a ter seus próprios ataques de nervos na Inglaterra. A mãe de Fi tomou as rédeas: reservou voos na agência da Air India em Londres e providenciou para que retirássemos as passagens no aeroporto de Trivandrum.

Os primeiros voos que ela conseguiu eram para dali a uns dois dias, de modo que nos revezamos na função de guarda-costas. Ao mesmo tempo que Fi tinha dado um enorme passo para trás em relação ao episódio dos três na mesma cama, Caz parecia ter melhorado um pouco e tinha passado do silêncio completo a ficar balbuciando coisas sem sentido quase o tempo todo.

Fomos em grupo levá-las de ônibus até o aeroporto de Trivandrum. Lá, retiramos as passagens delas e então as deixamos no salão de embarque. As duas saíram cambaleando em direções diferentes, o que foi preocupante. As chances de elas entrarem no avião certo em Trivandrum pareciam bem tênues, imagine só se iam conseguir fazer a conexão adequada em Bombaim, mas não podíamos fazer nada. Acho que se você passar tempo suficiente em um aeroporto, alguém vai colocar você dentro de um avião que vá mais ou menos na direção certa.

A essa altura, eu já tinha contado ao Ranj toda a história que levou Fi e Caz a terem ataques de nervos, e parece que a história o lançou a paroxismos de deleite. Ele insistiu para que eu só contasse uma versão editada para as suecas, deixando de fora o suficiente para que Ranj pudesse posar de mestre de ioga íntima.

Ele se segurou até Fi e Caz irem embora, mas bem no dia do voo delas, deixou escapar algumas palavras a respeito da especialidade dele em ioga, e logo sessões de prática à tarde na praia se tornaram regulares.

Paz

Queridos mamãe e papai,

Peço desculpas pelo último cartão-postal, mas eu estava meio para baixo na hora. Agora estou me divertindo pra valer. Encontrei um indiano superlegal que está pagando para eu ficar em um hotel caro com ele. Estamos nos divertindo demais juntos e acabamos de nos mudar para um hotel menor perto da praia, para podermos ficar mais perto de agito.

com amor,

Dave

P.S.: Parece que a Liz está indo para a cama com um guru de ioga no Rajastão. Se vocês encontrarem os pais dela, avisem a eles.

Querido vovô,

Estou me divertindo muito. A Índia tem sido uma experiência fascinante, que me transformou enormemente.

Algumas estradas de ferro ainda têm trens a vapor em operação!

Espero que esteja tudo bem com você.

com amor,

Dave

Quando as suecas finalmente foram embora, Ranj entrou em depressão. A essa altura, só me restava uma semana na Índia, de modo que concordamos que Ranj iria para casa, pediria desculpas e ficaria noivo, e eu pegaria o trem para Delhi. Essa viagem cobria toda a extensão do país e, de acordo com O Livro, demorava 48 horas; assim, se eu deixasse um dia de sobra para emergências e três dias em Delhi para reconfirmar meu voo de volta, então eu precisava começar a me mexer.

Ranj e eu fizemos uma viagem deprimente até Trivandrum juntos, e ele foi para o aeroporto ver que voos conseguia para o Punjab, enquanto fui para a estação de trem. De volta à praia, olhamos para nossas tirinhas de papel como se fossem sentenças de morte. Bom... pelo menos foi assim com ele. Eu, na verdade, estava bem feliz de voltar para casa, apesar de ter me parecido na hora meio uma pena deixar Kovalam para trás. Na verdade, para ser sincero, eu estava tão animado em voltar para a Inglaterra que mal consegui dormir naquela noite.

Na manhã da minha viagem de trem, Ranj acordou cedo e se despediu de mim na porta do hotel. Trocamos os endereços e números de telefone, mas a coisa toda foi meio que uma farsa, e ficou óbvio que, na verdade, nunca mais nos veríamos. Se algum dia nos encontrássemos em Londres, provavelmente iria estragar tudo. Eu não queria conhecer o Ranj de Putney. Ele provavelmente só seria um asiático qualquer, e destruiria as minhas lembranças do Ranj indiano, o maluco impagável.

No trem a caminho de Delhi, senti que já estava a caminho de casa e tive a estranha sensação de que, mais do que qualquer coisa, era exatamente o que eu queria fazer. Eu não queria *estar* em casa, eu queria estar a caminho de casa. Toda a parte difícil tinha ficado para trás, e a longa jornada de trem até a capital dava a sensação de ser uma volta da vitória. Olhando a paisagem pela janela enquanto retornava ao meu ponto de partida, comecei a sentir uma atitude colonial em relação às coisas, como se eu estivesse avaliando o território que havia conquistado. Quanto mais a jornada se estendia, mais impressionado comigo mesmo eu ficava. Era uma distância tão grande, e era toda minha: eu tinha feito aquilo tudo. Eu não conseguia acreditar que realmente tinha percorrido tanto terreno sozinho... e sem ninguém me matar, roubar ou comer.

Durante todas as 48 horas da viagem fiquei olhando pela janela em estado de calma serena, ou dormi o sono sem sonhos de um campeão olímpico recém-coroado.

De volta à Delhi, retornei ao Mrs. Colaço's e até consegui pegar a mesma cama do dormitório que tinha ocupado da última vez. Fiquei sentado um tempinho em cima do colchão duro, de pernas cruzadas, apreciando como eu era o tal. Eu tinha conseguido. Estava de volta ao lugar onde tinha começado... e ainda estava vivo. Eu me sentia anos mais velho e infinitamente mais sábio do que quando estivera naquele mesmo lugar pela última vez. Tinha aguentado aqueles três meses inteiros sem desistir e voltar para casa. A viagem tinha sido um sucesso.

Eu continuava sem saber o que os viajantes passavam o dia inteiro fazendo, mas isso parecia não fazer diferença. Eu *era* um viajante. Tinha estado em lugares e feito coisas que a maioria das pessoas evita por medo. Eu tinha sofrido e tinha confrontado lados negros de mim mesmo. Tinha experimentado o mundo.

Depois de um tempo, entraram dois sujeitos nervosos de calça jeans e com aparência limpa, pegaram duas camas e ficaram lá sentados em silêncio, com cara de que uma bomba tinha acabado de explodir dentro da cabeça deles. Reparei que ainda estavam com as etiquetas da companhia aérea nas mochilas.

— Oi — disse um deles.

— Paz... hum, quer dizer, oi — respondi. — Vocês acabaram de chegar?

— Isso.

— Estão se sentindo um pouco deslocados?

— Meu Deeeeeus — grunhiu o outro. — Como aqui faz *calor*. Não consigo acreditar. Como é que a gente consegue fazer qualquer coisa aqui?

— Você não precisa fazer coisa alguma. Não faça nada. Não importa.

— Certo. — Ele olhou para mim como se eu estivesse falando besteira.

— Há quanto tempo você está aqui? — perguntou o amigo dele.

— Ah, bastante tempo. Vou voltar para casa daqui a dois dias.

— Vai começar a faculdade?

— Humm... vou. Acho que sim.

— O que você está lendo?

— Alguma coisa de John Grisham. Não lembro o título.

— Não... quer dizer, para a faculdade. O que você vai estudar?

— Ah, sim. Hum... inglês.

— É mesmo? Onde?

— Em York. Vocês estão no ano sabático? —perguntei, tentando mudar de assunto. Eu ainda não estava pronto para pensar na minha volta.

— É.

— Acabaram de chegar?

— É. Vamos passar uns dois meses aqui, depois queremos ir para o Paquistão por um mês e depois para a Tailândia, a Indonésia e a Austrália.

— Legal.

— É um pouco assustador, na verdade.

— Vai dar tudo certo — falei, pensando que eles com certeza ficariam doentes a ponto de quase morrer em algum momento, isso sem falar na depressão, na solidão, no desespero, nos assaltos, na saudade de casa e no fato de que eles provavelmente terminariam por se odiar. — Vocês vão se divertir.

Ao ver aqueles coelhinhos assustados de rosto inocente prontos para sair viajando pela Índia, eu me lembrei de como estava contente de ter terminado a coisa toda. No final, estava feliz por ter feito aquilo, mas precisava confessar que o fato de ter feito era mais divertido do que fazer. Cagar nas calças, por exemplo, é uma experiência aterradora e horrível; mas ter cagado nas calças... quer dizer, é um bom assunto sobre o qual conversar em uma festa. Eu conseguiria tirar muito proveito da história do hambúrguer de cachorro. Aliás, dali a dez anos, essa provavelmente seria a única coisa da qual eu me lembraria, independentemente do fato de que é muito provável que o hambúrguer nem fosse feito de carne de cachorro. Já dava para sentir que a história do hambúrguer de cachorro estava ganhando um lugar de honra na minha lista de anedotas sobre a Índia. Com base no que eu tinha ouvido de outros viajantes, essa história tinha a combinação certa de "como fui bobo de ter feito uma coisa dessas" e "eu sou tão fodão que encarei mesmo assim".

Era óbvio que ninguém nunca me perguntaria como eram as montanhas, nem como o clima mudava em lugares diferentes do país: só iam querer saber se eu tinha ficado com alguém e se tinha ficado muito doente. Para a minha sorte, eu tinha conseguido fazer as duas coisas (mais ou menos), de modo que sempre teria algo para contar sobre a minha viagem. E, independentemente do que acontecesse comigo durante o resto da vida, por mais chato que me tornasse, eu sempre poderia dizer que tinha viajado sozinho pela Índia durante três meses. Quer dizer, eu não tinha feito a coisa *toda* sozinho, mas que diabo... eu podia dizer o que bem entendesse.

Uma pessoa completamente diferente

Meu avião estava marcado para decolar às 6h30, e dizia na minha passagem que eu precisava fazer o check-in três horas antes, de modo que não ia adiantar muito ir para a cama. Consegui fazer o hotel me arrumar um riquixá para as 2 da manhã e passei a noite lendo, então fui ao ponto de encontro que tinha combinado com o condutor.

Ele estava ferrado no sono na cabine do motorista, e dei alguns tapinhas no braço dele, sem sorte. Só quando dei um beliscão ele acordou. A cabeça saltou dos braços dobrados, e ele olhou para mim com olhos assustados e cheios de pânico, até se lembrar de quem eu era. Então grunhiu e cambaleou até uma torneira em um muro ali perto. Depois de ter lavado o rosto, cambaleou de volta para o riquixá, e nós partimos.

Por toda a cidade, passamos por riquixás com os motoristas dormindo nas pequenas cabines. Eu não tinha me dado conta de que eles não iam para casa no fim do dia. De repente senti uma onda de culpa quando me ocorreu que talvez eu tivesse sido mais sovina do que o estritamente necessário ao barganhar cada rupia de cada trajeto. Essa emoção foi instantaneamente afogada, no entanto, por uma onda de alívio. Percebi que durante aqueles três meses inteiros, pequenos momentos chatinhos assim de culpa tinham me corroído, e que em apenas algumas horas eu estaria livre disso, para sempre.

Era difícil ver de trás, mas a cabeça do motorista que sacudia meio solta e o jeito temerário como ele dirigia me passaram a forte impressão de que ele tinha passado uma boa parte do trajeto dormindo. Apesar de alguns quase acidentes, eu ainda estava vivo quando chegamos ao aeroporto, de modo que dei uma gorjeta generosa a ele. Um cético diria que eu só estava descarregando um monte de dinheiro inútil em cima da primeira pessoa que me veio à mente, mas eu queria mesmo dar uma gorjeta a ele. Se eu soubesse como os motoristas de riquixá ganhavam pouco, teria dado gorjeta para todos eles.

À primeira vista, o aeroporto estava totalmente deserto, mas depois de uma curta caminhada, avistei um pequeno grupo de pessoas em um canto distante do enorme saguão de check-in. Acontece que o grupo consistia em cinco outros estrangeiros, todos para embarcar no mesmo avião que eu. Havia Brian, engenheiro de telefonia da British Telecom, que tinha acabado de fazer a viagem de sua vida e estava preocupado de não ter mais emprego quando voltasse; a namorada sem nome emburrada dele, com o nariz enfiado em um livro de Jilly Cooper; Lionel, um estagiário de quiropraxia de Lancashire; Oompt, um estudante de engenharia alemão; e a amiga dele, Litty, que estava fazendo doutorado em solo congelado.

Nós ficamos lá sentados conversando um pouco, até Oompt comentar que tinha um frisbee na mochila. Quatro de nós então nos levantamos e começamos uma partida enorme de frisbee em longa distância em ambiente fechado, cobrindo a metade do comprimento do prédio.

Enquanto estávamos jogando, reparei em uma mulher estranha, com jeito de albina, enrolada em um sári branco, que havia entrado pela porta. Quando vi a mochila no carrinho de bagagem dela, percebi que não era albina, mas provavelmente uma ocidental com péssimo gosto para roupas. Então, quando a cabeça dela se virou em nossa direção, fiquei paralisado e o frisbee bateu na minha cara.

Ai, meu Deus! Era Liz. Ela podia estar usando roupa indiana, mas com certeza era ela, já que ainda caminhava daquele jeito sereno sem nenhum esforço.

Joguei o frisbee para Oompt, saí do jogo e fiquei observando quando ela se acomodou em um assento no canto mais distante do saguão de embarque. Não sabia bem se ela tinha ou não me visto. Depois de um momento de indecisão, comecei a caminhar na direção dela com o coração batendo rápido. Tentei respirar devagar para ajudar a disfarçar a ansiedade, mas isso só me deixou sem fôlego e ainda mais ansioso.

Quando me aproximei, vi que, além de estar usando um sári branco, ela também tinha uma daquelas bolotas vermelhas na testa. Mas que ridícula!

— Oi!

— Oi.

Ela torceu o nariz para mim e olhou para o outro lado. Eu tinha sentido uma leve solidariedade para com ela quando a vi chegar ao aeroporto sozinha, mas quando vi aquele olhar de desdém, no mesmo instante me lembrei do quanto a odiava.

Mesmo assim resolvi ser simpático, já que eu sabia que esse era o melhor jeito de irritá-la.

— Você não acha isso fantástico?

— O quê?

— Nós dois. Estarmos aqui.

— Nós temos passagem para o mesmo voo, sabe? Não é exatamente o que eu chamaria de uma grande surpresa.

— Ah, é. Eu tinha me esquecido disso.

Ela olhou com ódio para mim e então o silêncio se instalou.

— Quando você entrou, achei que era albina.

— Que engraçado.

— Aí vi que era você e mal pude acreditar! Vestida assim toda paramentada.

— Simplesmente me adaptei ao clima e à cultura da Índia. Esse é o motivo para se vir até aqui, para o caso de você não ter percebido.

— Mas é bem esquisito, de qualquer forma. Você vai se destacar na linha Piccadilly do metrô.

— Na verdade, meus pais vão me buscar.

— Então você vai parar de usar essas coisas quando chegar em casa?

— Como assim, chegar em casa?

— Em casa. Na casa da sua mãe e do seu pai.

— Não considero mais aquele lugar a minha casa. Já dei o próximo passo.

— Onde é a sua casa, então?

— Onde eu quiser que seja.

— Então você não vai largar o sári?

Ela olhou para mim com desprezo.

— Provavelmente vou me adaptar à Inglaterra quando chegar, mas neste momento eu não consigo me lembrar de como é.

— Frio. Úmido.

— Você continua reclamando, percebo.

— Não estou reclamando. Estou feliz por voltar. Eu me diverti, mas... sabe como é... preciso continuar com a vida.

Quando essas palavras saíram da minha boca, senti uma tontura. De repente, pela primeira vez, percebi que eu realmente estava voltando para casa. Eu estava prestes a entrar em uma caixa de metal que me levaria de volta à Inglaterra e de volta à vida real. Em apenas duas semanas, começaria a faculdade. Eu ia ter que estudar... ler livros propriamente ditos... escrever coisas.

— Continuar com a vida? Que coisa mais típica. Você é um típico carreirista ocidental.

— Por quê? O que você planeja fazer? Não vai poder continuar com essa farsa de hippie de merda na Inglaterra, sabe? Agora está voltando para o mundo de verdade.

— Não acredito que você continue com a mesma atitude. Você passou três meses aqui, e a experiência toda simplesmente não deixou a menor marca.

— Marca? Não deixou marca? Pode acreditar... passei por um acidente de trânsito completo aqui. Sou uma pessoa totalmente diferente.

— Ah, sei.

— Sou mesmo.

— De que jeito?

— É só que eu... você sabe, estou muito mais adulto. Eu *era* um moleque... agora sou um adulto propriamente dito, confiante.

— Você já era convencido demais para começo de conversa, Dave. Não acho que aumento de confiança realmente vá transformar você em uma pessoa melhor.

— Convencido é diferente de confiante. É exatamente essa a questão. Os moleques são convencidos, os adultos são discretamente confiantes.

— E você agora tem uma confiança discreta, é?

— Se você quer colocar as coisas assim, tenho, sim.

Ela se dobrou de tanto rir.

— Vai se foder, Liz. Não preciso disso.

— Você é hilário.

— Não venha ser condescendente comigo, sua vaca pretensiosa.

— Aah! E isto é você mostrando a sua confiança discreta?

Ela começou a rir de novo.

— Olha... se vira, pronto. Se você vai agir assim, eu... talvez eu conte ao James a respeito de você e o seu professor de ioga íntima.

A risada parou.

— Onde você ouviu isso?

— Esbarrei em um passarinho verde. E nós nos demos muito bem, aliás.

— Você encontrou com...?

— Não vou falar mais nada. Mas elas me contaram exatamente o que aconteceu.

— Olha, Dave... não se esqueça de que você passou a maior parte do ano tentando agarrar a namorada do seu melhor amigo, e isso não o coloca em uma posição muito boa para fazer chantagem.

— Quem disse alguma coisa sobre chantagem? Eu só sugeri que a gente se esforçasse para ter uma espécie de relação civilizada. Nenhum de nós quer ver boatos circulando na Inglaterra, não é mesmo?

Ela me lançou um daqueles olhares maldosos de gelar a espinha.

— Com sorte, nós nunca mais vamos nos ver — disse ela, e com isso ergueu um livro do colo e começou a ler.

Fiquei observando enquanto ela lia durante alguns segundos, até ficar claro que, como sempre, Liz tinha dado a última palavra.

— Espero que sim — balbuciei sem muita convicção, e caí fora.

PARTE TRÊS

Dave, o viajante

Um troço surreal

No caminho do aeroporto de Heathrow até em casa, senti quase como se estivesse vendo Londres pela primeira vez. Fiquei impressionado de ver como tudo era limpo, como havia ruas propriamente ditas com calçamento em todo lugar, como todas as lojas tinham vitrines enormes na frente, como os únicos animais à vista eram cachorros gordinhos presos em coleiras e como todos os carros circulavam como se estivessem em um filme sobre segurança no trânsito. Ninguém parecia estar à toa, sem fazer nada.. as pessoas andavam de um lado para o outro, indo para algum lugar específico. Cada um estava dentro de sua pequena bolha, escondido atrás de um vidro ou de uma capa de chuva, ou pelo menos de um andar rápido.

E, por algum motivo, todas as placas de carros inglesas pareciam bobas de verdade. O lugar todo se parecia mais com uma aldeia de brinquedo do que com uma cidade de verdade. Havia algo fora da realidade em tudo aquilo... como se fosse tudo uma paródia da bobagem que é a Inglaterra

*

A primeira coisa que fiz ao entrar em casa foi virar um copo d'água diretamente da torneira. Que luxo! Minha mãe se ofereceu para cozinhar qualquer coisa que eu quisesse, e pedi bife com vagem e batatinhas. Ela imediatamente sacou tudo da geladeira e começou a cozinhar, afirmando saber exatamente o que eu ia querer e que já tinha comprado tudo com antecedência.

Enquanto eu comia, ela me fez tantas perguntas sobre a viagem que, de algum modo, não consegui contar nada para ela. No minuto em que eu embarcava em uma história, ela me interrompia depois da segunda frase para perguntar o que eu tinha comido, onde eu tinha dormido, como eu tinha lavado as minhas roupas e mais um monte de besteira tediosa que, de algum modo, impedia que eu conseguisse explicar como a viagem tinha sido na verdade. Quanto mais eu falava, menos parecia conseguir explicar qualquer coisa. Ela simplesmente não conseguia entender o que eu estava dizendo. Simplesmente não existia ponto de contato entre o mundo dela e o meu. Era como tentar explicar as regras do basquete a uma água-viva.

Ela logo perdeu o interesse e começou a me contar tudo o que tinha acontecido em casa desde a minha partida, sendo que o resultado de tudo era nada. Até onde dava para perceber, tudo estava exatamente igual a antes e, no entanto, a versão dela sobre os três últimos meses demorou quase tanto tempo quanto a minha. Enquanto eu a observava falando sem parar, fiquei surpreso de ver como ela era capaz de falar durante tanto tempo sem perceber como era chata.

O bife, que estava espetacularmente delicioso, me deu um nó no estômago. Eu não tentava digerir nada assim tão sólido havia meses... na verdade, o hambúrguer de cachorro provavelmente tinha sido a minha única refeição na Índia que exigira alguma mastigação.

Coloquei o polegar na boca e dei uma conferida rápida para ver se todos os meus dentes continuavam firmes, depois saí para dar uma caminhada e ver se a dor de estômago passava. O tempo estava simplesmente lindo: céu cinzento, com nuvens de escudo que tapavam o sol, e um vento frio delicioso que deixava meus braços arrepiados. Era tão bom sentir frio... sentir o ar frio na garganta e no peito, com o vento cortante nas minhas bochechas e o meu nariz ficando vermelho. Parei e enchi o peito pela primeira vez com ar inglês. Aahhh!

Caminhando pela grama molhada do parque do meu bairro, fiquei maravilhado de ver como tudo era verdejante. Eu tinha me acostumado com a comida pavorosa e com a paisagem marrom, mas de repente tudo deu uma reviravolta. Mais uma vez, nada parecia me convencer, nem de leve. Nada parecia muito real. Comecei a tocar nas coisas e apertá-las para obter uma confirmação extra de que elas existiam: arrancava a grama, passava a mão em um banco molhado e sacudia as folhas dos galhos.

No caminho do parque para casa, entrei no mercadinho da esquina para comprar uma barra de chocolate ao leite inglês propriamente dito. (Dá para conseguir uma versão da mesma coisa na Índia, com a mesma embalagem, mas tem textura massuda.) Tive a conversa de sempre, do tipo "e aí, cara, como estão as coisas, o Arsenal não parece muito bem", com o atendente atrás do balcão, e de repente me vi perguntando ao sujeito de onde ele era.

Ele me olhou de um jeito esquisito.

— Acabo de voltar da Índia — expliquei. — É por isso que você não me vê há um tempo.

— Ah, tá! — disse ele, abrindo um sorriso enorme. Depois de 15 anos frequentando a loja dele, percebi que nunca o tinha visto sorrir propriamente. — De Gujarat — respondeu. — Originalmente, a minha família é de Gujarat.

— Legal. Eu só passei por Gujarat. Como são as coisas lá?

— Ah... muito bonito. O lugar mais lindo do mundo. Mas você não devia perguntar para mim, porque sou suspeito para falar.

— Então, quando você veio para cá?

— Eu tinha 14 anos.

— Que catorze!

— É. Eu volto lá todo ano. Para visitar minha família.

— Sei.

— Então, que lugares você visitou?

— Ah, eu cheguei a Delhi, depois fui para o Himachal Pradesh...

— Aah... o Himachal Pradesh é lindo.

— É demais. Essa parte foi incrível. Aí eu atravessei o Rajastão e desci até Goa...

— De avião?

— De trem e ônibus, principalmente.

— Você foi do Rajastão até Goa sem ser de avião? Você é louco?

— Na verdade, eu não sabia como era longe. E meio que me arrependi. De lá fui para Bangalore e, de Bangalore, para Kerala.

— Nunca visitei o sul. Um dia, talvez... mas com o trabalho e os filhos...

— É dureza.

— Hum-hum.

— Você devia ir. É lindo.

— Foi o que me disseram.

— É legal mesmo.

— Algum dia você vai voltar? — perguntou ele.

— Eu?

— É.

— Meu Deus... ainda não pensei sobre isso. Sabe... dá muito trabalho viajar por lá. Não é exatamente relaxante. Mas... quem sabe daqui a alguns anos... se tiver outra chance. É, eu não acharia ruim voltar.

Nossa conversa morreu e saí da loja me sentindo levemente perturbado por já estar dizendo que queria voltar para a Índia. Depois de apenas algumas horas na Inglaterra, todas as partes desagradáveis da viagem já estavam sumindo da minha memória. De modo racional, eu ainda conseguia pesar as coisas e lembrar que durante a maior parte do tempo me senti péssimo, mas estava tão feliz por ter feito aquilo, e por ter sobrevivido, que minhas emoções positivas já estavam começando a apagar todo o resto. Na minha cabeça, a viagem estava se transformando em uma *coisa boa*, ainda que meio amorfa. Eu estava me tornando incapaz de reconciliar o prazer de ter feito aquilo com a dificuldade de ter feito aquilo, e o sentimento de prazer era tão imediato e tão poderoso que levou embora todas as emoções rivais. Eu não conseguia me lembrar *na verdade* de como tinham sido as viagens de ônibus agonizantes... eu não conseguia recuperar a sensação daquele assento incrivelmente duro batendo na minha bunda dolorida e me jogando no chão, mas eu *conseguia* me lembrar do que tinha visto pela janela e como a primeira vez que vi as montanhas fez o meu coração se abrir.

Todos os meus sentimentos contraditórios estavam passando por um filtro que estava deixando de lado tudo o que fosse desagradável ou dolorido. Já dava para sentir que eu acabaria ficando com lembranças claras, sem complicação e positivas. Minha viagem pela Índia já estava se reduzindo a uma "experiência incrível" como a de qualquer outra pessoa.

Eu vou ter que fazer isto

Fazia uns dois dias que eu estava em casa quando recebi uma ligação de James. Havia tanta coisa a dizer e, o mais importante, tanta coisa a evitar dizer, que fiz com que a conversa telefônica fosse curta e combinei de nos encontrarmos em um bar mais tarde. Não toquei no nome de Liz e fiquei torcendo para ela não ir, mas percebi que ele usou a palavra "nós" quando devia estar dizendo "eu", e considerei isso um mau sinal premonitório.

Naquela noite, os dois apareceram no bar juntos, de braços dados. Meu coração se apertou. Eu não sabia o que ela tinha contado a ele a respeito da nossa viagem e quanto eu poderia dizer sem contradizê-la.

James estava bem mais magro do que eu me lembrava, e o cabelo ajeitadinho dele tinha se transformado em uma confusão desgrenhada que escorria em cachos louros pelas laterais do rosto agora coberto por uma barba felpuda. Ele usava chinelo, jeans e uma camiseta esgarçada e sem forma. Quando ele era líder da classe na escola, parecia com Richard Clayderman, mas agora parecia um representante de grêmio estudantil com cara de Jesus de ressaca.

Liz estava usando uma saia curta e um top justinho que fizeram meu saco se apertar. O sári e a bolota vermelha tinham desaparecido.

Assim que James me viu, gritou meu nome lá do outro lado do bar, então correu na minha direção e me deu um abraço. Aquilo me deixou intimidado, porque significava que ou ele ainda não sabia o que tinha acontecido ou sabia de tudo e estava ganhando tempo antes de enfiar um punhal nas minhas costas. Liz sorriu e me deu um beijo na bochecha. Não havia mais nenhum vestígio da Índia na linguagem corporal dela.

Quando James foi para perto do balcão e entrou na fila para pegar bebidas, a atmosfera imediatamente engrossou. Liz ficou olhando para mim enfezada, sem entregar nada, ao mesmo tempo que eu olhava para ela tentando imaginar que diabos ela podia estar pensando.

— Então, você desistiu do sári? — acabei dizendo.

— Qual é o seu problema?

Dei de ombros.

— Você contou a ele? — perguntei.

— Contei *o que* a ele?

— Sobre a gente.

— Não tem nada para contar.

— Ah, sim. Como eu sou bobo.

— Eu só disse que nós fomos até lá, que nos divertimos e voltamos.

— Você nem contou a ele que a gente se separou?

— Não.

— Por que não?

— Porque não quero ter que mentir para ele, então falei sobre a viagem sem tocar no seu nome, na verdade.

— Você mentiu para ele porque não quer precisar mentir para ele.

— Ai, meu Deus. Lá vamos nós de novo. Dave e seus joguinhos tediosos.

— Não comece, Liz. Eu só quero saber o que eu posso ou não dizer.

— O mínimo possível, se você conseguir, pelo menos desta vez.

— Ah, então agora sou eu a pessoa que gosta de falar, né? Mas que beleza.

— Pode parar. Ele está voltando.

James chegou à mesa e nos pegou trocando sorrisos reluzentes. Liz colocou o braço em torno dele e, pensando em mim, deu um beijo sensual em seu pescoço.

— Você é um homem de sorte — falei com um toque de sarcasmo direcionado apenas a Liz.

— Sou mesmo — respondeu James com um sorriso cansado e acariciou o braço dela.

— Então, como foi a sua viagem? — perguntei.

— Incrível. A melhor coisa que já fiz na vida. E a sua?

— Ah... foi boa. Sabe, tive alguns momentos difíceis, mas... basicamente... foi uma experiência fantástica.

— Liz de algum modo conseguiu convencer você a deixar o conforto da Inglaterra?

— De certo modo.

— Então, como foi que ela conseguiu? Você sempre disse que não queria ir além de Watford.

— Você sabe... ela é uma pessoa persuasiva.

— Nem me diga.

— Foi uma decisão mútua — disse Liz. — Um casamento de conveniência.

— E vocês dois se entenderam bem?

Uma pausa mais ou menos longa se instalou, e nós dois evitamos cruzar olhares.

— Foi como uma casa em chamas — falei num tom de voz que fazia aquilo parecer uma metáfora meio esquisita para harmonia social.

Um silêncio se instalou, e James ficou olhando para nós todo desconfiado.

— Aconteceu alguma coisa? — perguntou.

— Tipo o quê? — respondi.

— Entre vocês dois.

Liz e eu olhamos para os copos.

— Estou com a estranha sensação — prosseguiu James — de que vocês dois...

— O quê? — Os lábios de Liz estavam apertados, brancos de tensão.

— ...não se deram bem ou algo assim.

Senti que tanto eu quanto Liz nos soltamos com um pouco de alívio. James não estava perto de imaginar a verdade.

Então de repente fiquei me perguntando por que sentir alívio. Eu não precisava mentir por Liz. Eu não tinha nenhuma obrigação para com ela. Ela tinha me tratado feito um imbecil e me abandonado no meio da Índia. Não havia razão para eu mentir por ela para ajudar a sustentar uma relação malfadada e desonesta. Eu tinha quase me esquecido do fato fundamental de que eu a odiava até o fundo da alma. A única questão real era a minha amizade com James, mas se ele continuasse com Liz, isso iria acabar de qualquer maneira.

Em um momento repentino, sentindo uma certa tontura, percebi que não tinha nada a perder. Eu podia me divertir um pouco.

— Sabe? — comecei, com um sorriso. — Achei que você ia dizer que pensava que nós dois tínhamos ido para a cama.

James gargalhou. Eu gargalhei. Com o rosto marcado pela confusão, Liz também forçou algumas risadinhas e começou a roer as unhas.

Quando as risadas arrefeceram, sorri para ela e perguntei:

— *Você* não achou que ele ia perguntar isso?

Ela, como resposta, me olhou feio.

— Vocês não se deram bem, não é? — perguntou James.

— Ah, a gente se deu bem no começo — respondi. — Ficamos muito próximos, não foi?

Eu estava gostando daquilo. Liz estava sofrendo como eu nunca a tinha visto sofrer antes. Pela primeira vez desde que tínhamos ficado amigos eu havia assumido o controle.

— James — disse Liz, num tom de voz repentinamente estridente —, precisamos ir embora.

— Por quê?

— Porque não consigo ficar perto deste idiota nem mais um minuto.

— Está falando sério? — perguntou ele.

— Não quero ficar entre você e os seus amigos, mas se ele vai agir dessa maneira, simplesmente vou ter que lhe contar a verdade sobre o que aconteceu.

A expressão grave no rosto dela fez com que James parasse para pensar, e ele assumiu ar de preocupação.

— O que aconteceu? — perguntou.

— Eu não queria precisar contar, porque sabia que você ficaria aborrecido. Basicamente, Dave e eu fomos para a Índia como amigos, mas desde o momento em que pousamos, ele não parou de me incomodar em busca de sexo.

— O QUÊ? — berrei.

— Ele ameaçou me abandonar para tentar arrancar favores sexuais de mim. Fiz o que pude para que ele desistisse da ideia, mas ele foi tão insistente que, no fim, a única coisa que me restou a fazer foi fugir.

O rosto de James ficou vermelho de raiva.

— Puta que pariu, James. Você não vai acreditar nisso, vai?

Ele ficou olhando com ódio para mim.

— Esta mulher é uma mentirosa patológica. Você sabe disso tão bem quanto eu.

James agora se contorcia na cadeira, com raiva e confuso.

— Dave — disse ele finalmente —, sou pacifista, mas vou precisar fazer isto.

— O quê?

Ele se levantou e me deu um murro na cara.

Caí da minha banqueta e fui de encontro ao chão de maneira ruidosa. Ouvi o bar ficar quieto. Durante alguns segundos, fiquei estatelado em cima do carpete sujo de cerveja, chocado demais para sentir dor. Então minha bochecha começou a latejar, senti uma coisa molhada na boca e o meu ouvido começou a apitar.

Cambaleei para me levantar, segurando o rosto. O bar inteiro continuava em silêncio.

— Você sabe que ela é uma mentirosa da porra, James. Sempre foi. E ela nem sabe mentir muito bem. Isso tudo é merda.

— Por que eu não acreditaria nela? — perguntou James, massageando os nós dos dedos com discrição.

— Quer saber a verdade? Depois que você foi viajar, nós nos tornamos bons amigos. Depois nos tornamos amantes. E depois fomos para a Índia. Então nós nos desentendemos e nos separamos. É simples assim.

— VAI SE FODER! Nós *nunca* fomos amantes. Ele sempre me quis, James... desde o instante em que você saiu do país... mas eu nunca deixei que ele chegasse nem perto. Ele é um canalha nojento, e eu o odeio.

Agora todo mundo no bar estava olhando para James, para ver o que ele faria em seguida. O silêncio pairava no ar, o tempo estava suspenso. O clima acabou sendo quebrado por uma mulher na outra ponta do balcão, que falou com sotaque irlandês carregado.

— Não acredita nela, garoto. Esta menina tem "mentira" escrita na testa, em cima deste rostinho nojento.

Todo mundo se virou para olhar para quem estava falando. Ela assentiu com a cabeça e deu um gole em seu gim-tônica para marcar sua posição.

— Pode acreditar na palavra dela, filho — disse o atendente do bar. — Você não vai achar uma melhor do que essa aí nem tão cedo.

— Vai se foder! — veio uma voz de perto das máquinas de fruta. — Se você não é capaz de colocar os amigos na frente das garotas, é a escória do mundo.

— Talvez seja por isso que você não transa com ninguém há três anos — veio uma voz de mulher de perto da porta.

— Tem razão — disse outra mulher. — Ele ficou com a sua namorada, mocinho. Estou vendo daqui.

— Bate nele de novo — disse o atendente do bar. — Tem a minha permissão.

— Coloque um dedo nele, e vou chutar a sua cabeça para dentro do pescoço — disse o sujeito da máquina de fruta.

— Essa mulher é uma vagabunda! — disse um homem completamente bêbado, depois jogou o copo no chão. — Uma vaca infiel como todas as outras.

— Quem você está chamando de vaca? — perguntaram as mulheres perto da porta, fazendo coro.

Entre a cacofonia crescente de vozes, senti meus joelhos enfraquecerem quando a dor na minha bochecha subiu para um novo nível. Ajeitei a banqueta e voltei a me sentar. James e Liz continuaram em pé, e vi quando James a abraçou pelos ombros. Atrás dele, parecia ter se instalado a maior confusão.

Eles abriram caminho entre as trocas de socos e saíram.

Dave, o viajante

Faltavam duas semanas para a faculdade começar e resolvi tentar concentrar minhas energias na lista de leitura que tinha recebido para o curso. Consegui examinar a lista toda e até comecei a ler um dos livros.

No que diz respeito à vida social, resolvi que estava na hora de recomeçar. Eu estava prestes a ir para um lugar totalmente novo, com um monte de gente nova, de modo que não fazia diferença se eu transformasse dois dos meus amigos mais próximos em inimigos. Aliás, essa era uma coisa positiva. No decurso da minha grande viagem, tinha amadurecido tanto que era quase uma pessoa nova. Tinha chegado a hora de cortar todos os meus antigos vínculos mesmo, porque as pessoas do meu passado só serviriam para me prender ao meu antigo eu. Como uma nova pessoa, estava na hora de abrir caminho para novos amigos. Era para isso que a faculdade servia. Eu poderia começar tudo mais uma vez como um novo eu: não como Dave, o colegial medíocre do norte de Londres; não como Dave, o fracassado no sexo; mas como Dave, o viajante.

Este livro foi composto na tipologia Electra LH Regular, em corpo 11/16, e impresso em papel off-white 80g/m² no Sistema Cameron da Divisão Gráfica da Distribuidora Record.